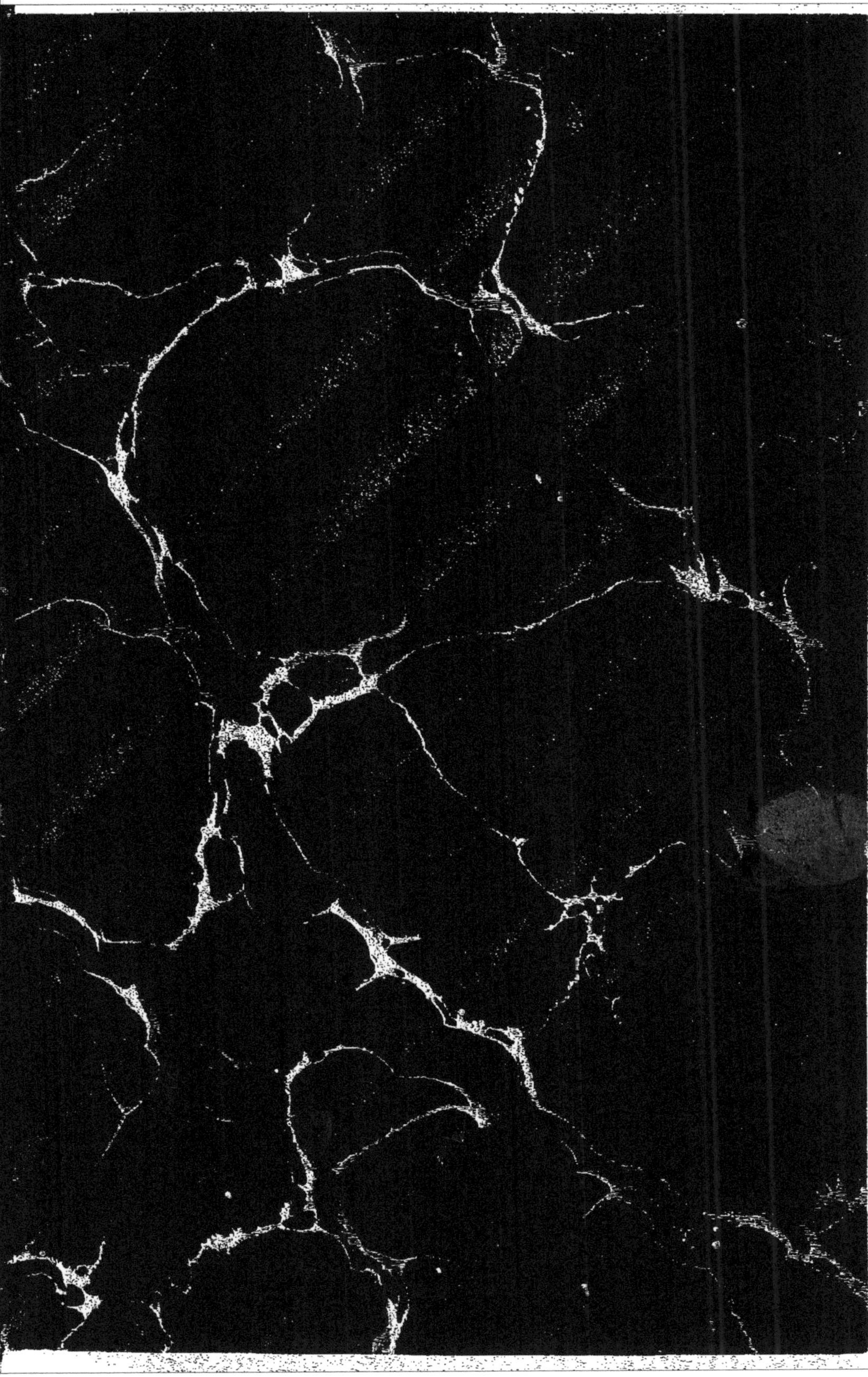

LES

DEUX MAITRESSES,

PAR

Alfred de Musset.

PARIS.
A. OZANNE, ÉDITEUR-LIBRAIRE.

Acquis à la vente
Escoffier, nov 1934
n° 1415

28 fr

LES

DEUX MAITRESSES.

LES

DEUX MAITRESSES,

PAR

Alfred de Musset.

PARIS,
AUGUSTE OZANNE, ÉDITEUR,
RUE DE RICHELIEU.

1840

LES

DEUX MAITRESSES.

I

Croyez-vous, Madame, qu'il soit possible d'être amoureux de deux personnes à la fois? Si pareille question m'était faite, je répondrais que je n'en crois rien. C'est pourtant ce qui est arrivé à un de mes amis, dont je vous raconterai l'histoire, afin que vous en jugiez vous-même.

En général, lorsqu'il s'agit de justifier un double

amour, on a d'abord recours aux contrastes. L'une était grande, l'autre petite; l'une avait quinze ans, l'autre en avait trente. Bref, on tente de prouver que deux femmes, qui ne se ressemblent ni d'âge, ni de figure, ni de caractère, peuvent inspirer en même temps deux passions très différentes. Je n'ai pas ce prétexte pour m'aider ici, car les deux femmes dont il s'agit se ressemblaient, au contraire, un peu. L'une était mariée, il est vrai, et l'autre veuve ; l'une riche, et l'autre très pauvre ; mais elles avaient presque le même âge, et elles étaient toutes deux brunes et fort petites. Bien qu'elles ne fussent ni sœurs ni cousines, il y avait entre elles un air de famille : de grands yeux noirs, même finesse de taille ; c'étaient deux ménechmes femelles. Ne vous effrayez pas de ce mot; il n'y aura pas de quiproquos dans ce conte.

Avant d'en dire plus de ces dames, il faut parler de notre héros. Vers 1823 environ, vivait à Paris un jeune homme que nous appellerons Valentin. C'était un garçon assez singulier, et dont l'étrange manière de vivre aurait pu fournir quelque matière aux philosophes qui étudient l'homme. Il y avait en lui, pour ainsi dire, deux personnages différents. Vous l'eussiez pris, en le rencontrant un jour, pour un petit-maître de la Régence. Son ton léger, son chapeau de travers, son air d'enfant prodigue en joyeuse humeur, vous eussent fait revenir en mémoire quelque *talon rouge* du temps passé. Le jour suivant, vous n'auriez vu en lui qu'un modeste étudiant de province se promenant un livre sous le bras. Aujourd'hui, il roulait carrosse et jetait l'argent par les fenêtres; demain, il allait dîner à quarante sous. Avec cela, il recherchait en toute chose une sorte de perfection, et ne goûtait rien qui fût incomplet. Quand il s'agissait de plaisir, il voulait que tout fût plaisir, et n'était pas homme à acheter une jouissance par un moment d'ennui. S'il avait une loge au spectacle, il voulait que la voiture qui l'y menait fût douce, que le dîner eût été bon, et qu'aucune idée fâcheuse ne pût se présenter en sortant. Mais il buvait de bon cœur la piquette dans un cabaret de campagne, et se mettait à la queue pour aller au parterre. C'était alors un autre élément, et il n'y faisait pas le difficile; mais il gardait dans ses bizarreries une sorte de logique, et s'il y avait en lui deux hommes divers, ils ne se confondaient jamais.

Ce caractère étrange provenait de deux causes : peu de fortune et un grand amour du plaisir. La famille de Valentin jouissait de quelque aisance, mais il n'y avait rien de plus dans la maison qu'une honnête médiocrité. Une douzaine de mille francs par an dépensés avec ordre et économie, ce n'est pas de quoi mourir de faim ; mais quand une famille entière vit là-dessus, ce n'est pas de quoi donner des fêtes. Toutefois, par un caprice du hasard, Valentin était né avec les goûts que peut avoir le fils d'un grand seigneur. A père avare, dit-on, fils prodigue ; à parents économes, enfant dépensier. Ainsi le veut la Providence, que cependant tout le monde admire.

Valentin avait fait son droit, et était avocat sans causes, profession commune aujourd'hui. Avec l'argent qu'il avait de son père et celui qu'il gagnait de temps en temps, il pouvait être assez heureux, mais il aimait mieux tout dépenser à la fois et se passer de tout le lendemain. Vous vous souvenez, Madame, de ces marguerites que les enfants effeuillent brin à brin? *Beaucoup,* disent-ils à la première feuille; *passablement,* à la seconde, et à la troisième, *pas du tout.* Ainsi faisait Valentin de ses journées; mais le *passablement* n'y était pas, car il ne pouvait le souffrir.

Pour vous le faire mieux connaître, il faut vous dire un trait de son enfance. Valentin couchait, à dix ou douze ans, dans un petit cabinet vitré, derrière la chambre de sa mère. Dans ce cabinet d'assez triste apparence, et encombré d'armoires poudreuses, se trouvait, entr'autres nippes, un vieux portrait avec un grand cadre doré. Quand, par une belle matinée, le soleil donnait sur ce portrait, l'enfant, à genoux sur son lit, s'en approchait avec délices. Tandis qu'on le croyait endormi, en attendant que l'heure du maître arrivât, il restait parfois des heures entières le front posé sur l'angle du cadre ; les rayons de lumière, frappant sur les dorures, l'entouraient d'une sorte d'auréole où nageait son regard ébloui. Dans cette posture, il faisait mille rêves ; une extase bizarre s'emparait de lui. Plus la clarté devenait vive, et plus son cœur s'épanouissait. Quand il fallait enfin détourner les yeux, fatigués de l'éclat de ce spectacle, il fermait alors ses paupières, et suivait avec curiosité la dégradation des teintes nuancées dans cette tache rougeâtre qui reste devant nous quand nous fixons trop long-temps la lumière ; puis il revenait à son cadre, et recommençait de plus belle. Ce fut là, m'a-t-il dit lui-même, qu'il prit un goût passionné pour l'or et le soleil, deux excellentes choses, du reste.

Ses premiers pas dans la vie furent guidés par l'instinct de la passion native. Au collége, il ne se lia qu'avec des enfants plus riches que lui, non par orgueil, mais par goût. Précoce d'esprit dans ses études, l'amour-propre le poussait moins qu'un certain besoin de distinction. Il lui arrivait de pleurer au milieu de la classe, quand il n'avait pas, le samedi, sa place au banc d'honneur. Il achevait ses humanités et travaillait avec ardeur, lorsqu'une dame, amie de sa mère, lui fit cadeau d'une belle turquoise ; au lieu d'écouter la leçon, il regardait sa bague reluire à son doigt. C'était encore l'amour de l'or tel que peut le ressentir un enfant curieux. Dès que l'enfant fut homme, ce dangereux penchant porta bientôt ses fruits.

A peine eut-il sa liberté, qu'il se jeta, sans réflexion, dans tous les travers d'un fils de famille. Né d'humeur gaie, insouciant de l'avenir, l'idée qu'il était pauvre ne lui venait pas, et il ne semblait pas s'en douter. Le monde le lui fit comprendre. Le nom qu'il portait lui permettait de traiter en égaux des jeunes gens qui avaient sur lui l'avantage de la fortune. Admis par eux, comment les imiter? Les parents de Valentin vivaient à la campagne. Sous prétexte de faire son droit, il passait son temps à se promener aux Tuileries et au boulevart. Sur ce terrain, il était à l'aise; mais quand ses amis le quittaient pour monter à cheval, force lui était de rester à pied, seul et un peu désappointé. Son tailleur lui faisait crédit ;

mais à quoi sert l'habit, quand la poche est vide? Les trois quarts du temps il en était là. Trop fier pour vivre en parasite, il prenait à tâche de dissimuler ses secrets motifs de sagesse, refusait dédaigneusement des parties de plaisir où il ne pouvait payer son écot, et s'étudiait à ne toucher aux riches que dans ses jours de richesse.

Ce rôle, difficilement soutenu, tomba devant la volonté paternelle; il fallut choisir un état; Valentin entra dans une maison de banque. Le métier de commis ne lui plaisait guère, encore moins le travail quotidien. Il allait au bureau l'oreille un peu basse; il avait fallu renoncer aux amis en même temps qu'à la liberté; il n'en était pas honteux, mais il s'ennuyait. Quand arrivait, comme dit André Chénier, le jour de la veine dorée, une sorte de fièvre le saisissait. Qu'il eût des dettes à payer ou quelque emplette utile à faire, la présence de l'or le troublait à tel point, qu'il en perdait la réflexion. Dès qu'il voyait briller dans ses mains un peu de ce rare métal, il sentait son cœur tressaillir, et ne pensait plus qu'à courir, s'il faisait beau. Quand je dis courir, je me trompe; on le rencontrait, ces jours-là, dans une bonne voiture de louage, qui le menait au Rocher de Cancale; là, étendu sur les coussins, respirant l'air ou fumant son cigare, il se laissait bercer mollement, sans jamais songer à demain; demain pourtant, c'était l'ordinaire, il fallait redevenir commis; mais peu lui importait, pourvu qu'à tout prix il eût satisfait son imagination. Les appointements du mois s'envolaient ainsi en un jour. Il passait, disait-il, ses mauvais moments à rêver, et ses bons moments à réaliser ses rêves : tantôt à Paris, tantôt à la campagne, on le rencontrait avec son fracas, presque toujours seul, preuve que ce n'était pas vanité de sa part. D'ailleurs, il faisait ses extravagances avec la simplicité d'un grand seigneur qui se passe un caprice. Voilà un bon commis, direz-vous ; aussi le mit-on à la porte.

Avec la liberté et l'oisiveté revinrent des tentations de toute espèce. Quand on a beaucoup de désirs, beaucoup de jeunesse et peu d'argent, on court grand risque de faire des sottises. Valentin en fit d'assez grandes. Toujours poussé par sa manie de changer des rêves en réalités, il en vint à faire les plus dangereux rêves. Il lui passait, je suppose, par la tête, de se rendre compte de ce que peut être la vie d'un tel qui a cent mille francs à manger par an. Voilà mon étourdi qui, toute une journée, n'en agissait ni plus ni moins que s'il eût été le personnage en question. Jugez où cela peut conduire avec un peu d'intelligence et de curiosité. Le raisonnement de Valentin, sur sa manière de vivre, était, du reste, assez plaisant. Il prétendait qu'à chaque créature vivante revient de droit une certaine somme de jouissance ; il comparait cette somme à une coupe pleine que les économes vident goutte à goutte, et qu'il buvait, lui, à grands traits. Je ne compte pas les jours, disait-il, mais les plaisirs, et le jour où je dépense vingt-cinq louis, j'ai cent quatre-vingt-deux mille cinq cents livres de rente.

Au milieu de toutes ces folies, Valentin avait dans le cœur un sentiment qui devait le préserver; c'était son affection pour sa mère. Sa mère, il est vrai, l'avait toujours gâté ; c'est un tort, dit-on, je n'en sais rien ; mais, en tout cas, c'est le meilleur et le plus naturel des torts. L'excellente femme qui avait donné la vie à Valentin fit tout au monde pour la lui rendre douce. Elle n'était pas riche, comme vous savez. Si tous les petits écus glissés en cachette dans la main de l'enfant chéri s'étaient trouvés tout à coup rassemblés, ils auraient pourtant fait une belle pile. Valentin, dans tous ses désordres, n'eut jamais d'autre frein que l'idée de ne pas rapporter un chagrin à sa mère ; mais cette idée le suivait partout. D'un autre côté, cette affection salutaire ouvrait son cœur à toutes les bonnes pensées, à tous les sentiments honnêtes. C'était pour lui la clé d'un monde qu'il n'eût peut-être pas compris sans cela. Je ne sais qui a dit le premier, qu'un être aimé n'est jamais malheureux ; celui-là eût pu dire encore : Qui aime sa mère, n'est jamais méchant. Quand Valentin regagnait le logis, après quelque folle équipée,

Traînant l'aile, et tirant le pied,

sa mère arrivait et le consolait. Qui pourrait compter les soins patients, les attentions en apparence faciles, les petites joies intérieures, par lesquels l'amitié se prouve en silence, et rend la vie douce et légère ? J'en veux citer un exemple en passant.

Un jour que l'étourdi garçon avait vidé sa bourse au jeu, il venait de rentrer de mauvaise humeur. Les coudes sur sa table, la tête dans ses mains, il se livrait à ses idées sombres. Sa mère entra, tenant un gros bouquet de roses dans un verre d'eau, qu'elle posa doucement sur la table, à côté de lui. Il leva les yeux pour la remercier, et elle lui dit en souriant : Il y en a pour quatre sous. Ce n'était pas cher, comme vous voyez, cependant le bouquet était superbe. Valentin, resté seul, sentit le parfum frapper son cerveau excité. Je ne saurais vous dire quelle impression produisit sur lui une si douce jouissance, si facilement venue, si inopinément apportée ; il pensa à la somme qu'il avait perdue, il se demanda ce qu'en aurait pu faire la main maternelle, qui le consolait à si bon marché. Son cœur gonflé se fondit en larmes, et il se souvint des plaisirs du pauvre qu'il venait d'oublier.

Ces plaisirs du pauvre lui devinrent chers, à mesure qu'il les connut mieux. Il les aima parce qu'il aimait sa mère; il regarda peu à peu autour de lui, et ayant un peu essayé de tout, il se trouva capable de tout sentir. Est-ce un avantage? Je n'en puis rien dire encore. Chance de jouissance, chance de souffrance.

J'aurai l'air de faire une plaisanterie, si je vous dis qu'en avançant dans la vie, Valentin devint à la fois plus sage et plus fou; c'est pourtant la vérité pure. Une double existence se développait en lui. Si son esprit avide l'entraînait, son cœur le retenait au logis. S'enfermait-il, décidé au repos, un orgue de Barbarie, jouant une valse, passait sous la fenêtre et dérangeait tout. Sortait-il alors, et, selon sa coutume, courait-il après le plaisir, un mendiant rencontré en route, un mot touchant trouvé par hasard dans le fatras d'un drame à la mode, le rendait pensif, et il retournait chez lui. Prenait-il la plume et s'asseyait-il pour travailler, sa plume distraite esquissait sur les marges d'un dossier la silhouette d'une jolie femme qu'il avait rencontrée au bal. Une bande joyeuse, réunie chez un ami, l'invitait-elle à rester à souper, il tendait son verre en riant, et buvait une copieuse rasade, puis il fouillait dans sa poche, voyait qu'il avait oublié sa clé, qu'il réveillerait sa mère en rentrant; il s'esquivait et revenait respirer ses roses bien-aimées.

Tel était ce garçon, simple et écervelé, timide et fier, tendre et audacieux. La nature l'avait fait riche, et le hasard l'avait fait pauvre; au lieu de choisir, il prit les deux partis. Tout ce qu'il y avait en lui de patience, de réflexion et de résignation, ne pouvait triompher de l'amour du plaisir, et ses plus grands moments de déraison ne pouvaient entamer son cœur. Il ne lutta ni contre son cœur, ni contre le plaisir qui l'attirait. Ce fut ainsi qu'il devint double, et qu'il vécut en perpétuelle contradiction avec lui-même, comme je vous le montrais tout à l'heure. Mais c'est de la faiblesse, allez-vous dire. Eh! mon Dieu, oui; ce n'est pas là un Romain, mais nous ne sommes pas ici à Rome.

Nous sommes à Paris, Madame, et il est question de deux amours. Heureusement pour vous, le portrait de mes héroïnes sera plus vite fait que celui de mon héros. Tournez la page, elles vont entrer en scène.

II

Je vous ai dit que, de ces deux dames, l'une était riche et l'autre pauvre. Vous devinez déjà par quelle raison elles plurent toutes deux à Valentin. Je crois vous avoir dit aussi que l'une était mariée et l'autre veuve. La marquise de Parnes (c'est la mariée) était fille et femme de marquis. Ce qui vaut mieux, elle était fort riche; ce qui vaut mieux encore, elle était fort libre, son mari étant en Hollande pour affaires. Elle n'avait pas vingt-cinq ans, elle se trouvait reine d'un petit royaume au fond de la Chaussée-d'Antin. Ce royaume consistait en un petit hôtel, bâti avec un goût parfait entre une grande cour et un beau jardin. C'était la dernière folie du défunt beau-père, grand seigneur un peu libertin, et la maison, à dire vrai, se ressentait des goûts de son ancien maître; elle ressemblait plutôt à ce qu'on appelait jadis une *maison à parties* qu'à la retraite d'une jeune femme condamnée au repos par l'absence de l'époux. Un pavillon rond, séparé de l'hôtel, occupait le milieu du jardin. Ce pavillon, qui n'avait qu'un rez-de-chaussée, n'avait aussi qu'une seule pièce, et n'était qu'un immense boudoir meublé avec un luxe raffiné. Madame de Parnes, qui habitait l'hôtel et passait pour fort sage, n'allait point, disait-on, au pavillon. On y voyait pourtant quelquefois de la lumière. Compagnie excellente, dîners à l'avenant, fringants équipages, nombreux domestique, en un mot, grand bruit de bon ton, voilà la maison de la marquise. D'ailleurs une éducation achevée lui avait donné mille talents; avec tout ce qu'il faut pour plaire sans esprit, elle trouvait moyen d'en avoir; une indispensable tante la menait partout; quand on parlait de son mari, elle disait qu'il allait revenir; personne ne pensait à médire d'elle.

Madame Delaunay (c'est la veuve) avait perdu son mari fort jeune; elle vivait avec sa mère, d'une modique pension obtenue à grand' peine, et à grand' peine suffisante. C'était à un troisième étage qu'il fallait monter, rue du Plat-d'Etain, pour la trouver brodant à sa fenêtre; c'était tout ce qu'elle savait faire; son éducation, vous le voyez, avait été fort négligée. Un petit salon était tout son domaine; à l'heure du dîner, on y roulait la table de noyer, reléguée durant le jour dans l'antichambre. Le soir, une armoire à alcôve s'ouvrait, contenant deux lits. Du reste, une propreté soigneuse entretenait le modeste ameublement. Au milieu de tout cela, madame Delaunay aimait le monde. Quelques anciens amis de son mari donnaient de petites soirées où elle allait, parée d'une fraîche robe d'organdy. Comme les gens sans fortune n'ont pas de saisons, ces petites fêtes duraient toute l'année. Être pauvre, jeune, belle et honnête, ce n'est pas un mérite si rare qu'on le dit, mais c'est un mérite.

Quand je vous ai annoncé que mon Valentin aimait ces deux femmes, je n'ai pas prétendu déclarer qu'il les aimât également toutes deux. Je pourrais me tirer d'affaire en vous disant qu'il aimait l'une et désirait l'autre; mais je ne veux point chercher ces finesses, qui, après tout, ne signifieraient rien, sinon qu'il les désirait toutes deux. J'aime mieux vous raconter simplement ce qui se passait dans son cœur.

Ce qui le fit d'abord aller souvent dans ces deux maisons, ce fut un assez vilain motif, l'absence de maris dans l'une et dans l'autre. Il n'est que trop vrai qu'une apparence de facilité, quand bien même elle n'est qu'une apparence, séduit les jeunes têtes. Valentin était reçu chez madame de Parnes, parce qu'elle voyait beaucoup de monde, sans autre raison; un ami l'avait présenté. Pour aller chez madame Delaunay, qui ne recevait personne, ce n'avait pas été si aisé. Il l'avait rencontrée à l'une de ces petites soirées dont je vous parlais tout à l'heure, car Valentin allait un peu partout; il avait donc vu madame Delaunay, l'avait remarquée, l'avait fait danser, enfin, un beau jour, avait trouvé moyen de lui porter un livre nouveau qu'elle désirait lire. La première visite une fois faite, on revient sans motif, et au bout de trois mois on est de la maison; ainsi vont les choses. Tel qui s'étonne de la présence d'un jeune homme dans une famille que personne n'aborde, serait quelquefois bien plus étonné d'apprendre sur quel frivole prétexte il y est entré.

Vous vous étonnerez peut-être, madame, de la manière dont se prit le cœur de Valentin. Ce fut, pour ainsi dire, l'ouvrage du hasard. Il avait, durant un hiver, vécu, selon sa coutume, assez follement, mais assez gaiement. L'été venu, comme la cigale, il se trouva au dépourvu. Les uns partaient pour la campagne, les autres allaient en Angleterre ou aux eaux; il y a de ces années de désertion où tout ce qu'on a d'amis disparaît; une bouffée de vent les emporte, et on reste seul tout à coup. Si Valentin eût été plus sage, il aurait fait comme les autres, et serait parti de son côté; mais les plaisirs avaient été cher, et sa bourse vide le retenait à Paris. Regrettant son imprévoyance, aussi triste qu'on peut l'être à vingt-cinq ans, il songeait à passer l'été et à faire, non de nécessité vertu, mais de nécessité plaisir, s'il se pouvait. Sorti un matin par une de ces belles journées où tout ce qui est jeune sort sans savoir pourquoi, il ne trouva, en y réfléchissant, que deux endroits où il pût aller, chez madame de Parnes ou chez madame Delaunay. Il fut chez toutes deux le jour même, et ayant agi ainsi en gourmand, il se trouva désœuvré le lendemain. Ne pouvant recommencer ses visites avant quelques jours, il se demanda quel jour il le pourrait; après quoi, involontairement il repassa dans sa tête ce qu'il avait dit et entendu durant ces deux heures, devenues précieuses pour lui.

La ressemblance dont je vous ai parlé, et qui ne l'avait pas jusqu'alors frappé, le fit sourire d'abord. Il lui parut étrange que deux jeunes femmes, dans des positions si diverses, et dont l'une ignorait l'existence de l'autre, eussent l'air d'être les deux sœurs. Il compara dans sa mémoire leurs traits, leur taille et leur esprit; chacune des deux lui fit tour à tour moins aimer ou mieux goûter l'autre. Madame de Parnes était coquette, vive, minaudière et enjouée; madame Delaunay était aussi tout cela, mais pas tous les jours, au bal seulement, et à un degré, pour ainsi dire, plus tiède. La pauvreté sans doute en était cause. Cependant, les yeux de la veuve brillaient parfois d'une flamme ardente qui semblait se concentrer dans le repos, tandis que le regard de la marquise ressemblait à une étincelle brillante, mais fugitive. C'est bien la même femme, se disait Valentin ; c'est le même feu, voltigeant là sur un foyer joyeux, ici couvert de cendres. Peu à peu, il vint aux détails ; il pensa aux blanches mains de l'une effleurant son clavier d'ivoire, aux mains un peu maigres de l'autre tombant de fatigue sur ses genoux. Il pensa au pied, et il trouva bizarre que la plus pauvre fût la mieux chaussée; elle faisait ses guêtres elle-même. Il vit la dame de la Chaussée-d'Antin, étendue sur sa chaise longue, respirant la fraîcheur, les bras nus dès le matin. Il se demandait si madame Delaunay avait d'aussi beaux bras sous ses manches d'indienne, et je ne sais pourquoi il tressaillit à l'idée de voir madame Delaunay les bras nus ; puis il pensa aux belles touffes de cheveux noirs de madame de Parnes, et à l'aiguille à tricoter que madame Delaunay plantait dans sa natte en causant. Il prit un crayon et chercha à retracer sur le papier la double image qui l'occupait. A force d'effacer et de tâtonner, il arriva à l'une de ces ressemblances lointaines dont la fantaisie se contente quelquefois plutôt que d'un portrait trop vrai. Dès qu'il eut obtenu cette esquisse, il s'arrêta; à laquelle des deux ressemblait-elle davantage? Il ne pouvait lui-même en décider; ce fut tantôt à l'une et tantôt à l'autre, selon le caprice de sa rêverie. Que de mystères dans le destin! se disait-il; qui sait, malgré les apparences, laquelle de ces deux femmes est la plus heureuse? Est-ce la plus riche ou la plus belle? Est-ce celle qui sera le plus aimée? Non, c'est celle qui aimera le mieux. Que feraient-elles si demain matin elles s'éveillaient l'une à la place de l'autre? Valentin se souvint du dormeur éveillé, et sans s'apercevoir qu'il rêvait lui-même en plein jour, il fit mille châteaux en Espagne. Il se promit d'aller, dès le lendemain, faire ses deux visites, et d'emporter son esquisse pour en voir les défauts; en même temps il ajoutait un coup de crayon, une boucle de cheveux, un pli à la robe; les yeux étaient plus grands, le contour plus délicat. Il pensa de nouveau au pied, puis à la main, puis aux bras blancs; il pensa encore à mille autres choses; enfin il devint amoureux.

III

Devenir amoureux n'est pas le difficile, c'est de savoir dire qu'on l'est. Valentin, muni de son esquisse, sortit de bonne heure le lendemain. Il commença par la marquise. Un heureux hasard, plus rare que l'on ne pense, voulut qu'il la trouvât ce jour-là telle qu'il l'avait rêvée la veille. On était alors au mois de juillet. Sur un banc de bois, garni de frais coussins, sous un beau chèvrefeuille en fleur, les bras nus, vêtue d'un peignoir, ainsi pouvait paraître une nymphe aux yeux d'un berger de Virgile; ainsi parut aux yeux du jeune homme la blanche Isabelle, marquise de Parnes. Elle le salua d'un de ces doux sourires qui coûtent si peu quand on a de belles dents, et lui montra assez nonchalamment un tabouret fort éloigné d'elle. Au lieu de s'asseoir sur ce tabouret, il le prit pour se rapprocher; et comme il cherchait où se mettre : Où allez-vous donc? demanda la marquise.

Valentin pensa que sa tête s'était échauffée outre mesure, et que la réalité indocile allait moins vite que le désir. Il s'arrêta, et, replaçant le tabouret un peu plus loin encore qu'il n'était d'abord, s'assit, ne sachant trop quoi dire. Il faut savoir qu'un grand laquais, à mine insolente et rébarbative, était debout devant la marquise, et lui présentait une tasse de chocolat brûlant qu'elle se mit à avaler à petites gorgées. La présence de ce tiers, l'extrême attention que mettait la dame à ne pas se brûler les lèvres, le peu de souci qu'en revanche elle prenait du visiteur, n'étaient pas faits pour encourager. Valentin tira gravement l'esquisse qu'il avait dans sa poche, et, fixant ses yeux sur madame de Parnes, il examina alternativement l'original et la copie. Elle lui demanda ce qu'il faisait. Il se leva, lui donna son dessin, puis se rassit sans en dire davantage. Au premier coup d'œil, la marquise fronça le sourcil comme lorsqu'on cherche une ressemblance, puis elle se pencha de côté comme on fait lorsqu'on l'a trouvée. Elle avala le reste de sa tasse; le laquais s'en fut, et les belles dents reparurent avec le sourire.

— C'est mieux que moi, dit-elle enfin; vous avez fait cela de mémoire? Comment vous y êtes-vous pris?

Valentin répondit qu'un si beau visage n'avait pas besoin de poser pour qu'on pût le copier, et qu'il l'avait trouvé dans son cœur. La marquise fit un léger salut, et Valentin approcha son tabouret.

Tout en causant de choses indifférentes, madame de Parnes regardait le dessin.

— Je trouve, dit-elle, qu'il y a dans ce portrait une physionomie qui n'est pas la mienne. On dirait que cela ressemble à quelqu'un qui me ressemble, mais que ce n'est pas moi qu'on a voulu faire.

Valentin rougit malgré lui, et crut sentir qu'au fond de l'âme il aimait madame Delaunay; l'observation de la marquise lui en parut un témoignage. Il regarda de nouveau son dessin, puis la marquise, puis il pensa à la jeune veuve. Celle que j'aime, se dit-il, est celle à qui ce portrait ressemble le plus. Puisque mon cœur a guidé ma main, ma main m'expliquera mon cœur.

La conversation continua (il s'agissait, je crois, d'une course de chevaux qu'on avait faite au Champde-Mars la veille).

— Vous êtes à une lieue, dit madame de Parnes.

Valentin se leva, s'avança vers elle.

— Voilà un beau chèvrefeuille, dit-il en passant.

La marquise étendit le bras, cassa une petite branche en fleur et la lui offrit gracieusement.

— Tenez, dit-elle, prenez cela, et dites-moi si c'est vraiment moi dont vous avez cherché la ressemblance, ou si, en en peignant une autre, vous l'avez trouvée par hasard.

Par un petit mouvement de fatuité, Valentin, au lieu de prendre la branche, présenta en riant, à la marquise, la boutonnière de son habit, afin qu'elle y mît le bouquet elle-même; pendant qu'elle s'y prêtait de bonne grâce, mais non sans quelque peine, il était debout, et regardait le pavillon dont je vous ai parlé, et dont une persienne était entr'ouverte. Vous vous souvenez que madame de Parnes passait pour n'y jamais aller. Elle affectait même quelque mépris pour ce boudoir galant et recherché, qu'elle trouvait de mauvaise compagnie. Valentin crut voir cependant que les fauteuils dorés et les tentures brillantes ne souffraient pas de la poussière. Au milieu de ces meubles à forme grecque, superbes et incommodes comme tout ce qui vient de l'empire, certaine chaise longue évidemment moderne lui parut se détacher dans l'ombre. Le cœur lui battit, je ne sais pourquoi, en songeant que la belle marquise se servait quelquefois de son pavillon; car pourquoi ce fauteuil eût-il été là, sinon pour aller s'y asseoir? Valentin saisit une des blanches mains occupées à le décorer, et la porta doucement à ses lèvres; ce qu'en pensa la marquise, je n'en sais rien; Valentin regardait la chaise longue; madame de Parnes regardait le dessin de Valentin; elle ne retirait pas sa main, et il la tenait entre les siennes. Un domestique parut sur le perron; une visite arrivait; Valentin lâcha la main de la marquise, et (chose assez singulière) elle ferma brusquement la persienne.

La visite entrée, Valentin fut un peu embarrassé; car il vit que la marquise cachait son esquisse, comme par mégarde, en jetant son mouchoir dessus. Ce n'était pas là son compte; il prit le parti le plus court, il souleva le mouchoir et s'empara du papier; madame de Parnes fit un léger signe d'étonnement.

—Je veux y retoucher, lui dit-il tout haut; permettez-moi d'emporter cela.

Elle n'insista pas, et il s'en fut avec.

Il trouva madame Delaunay qui faisait de la tapisserie; sa mère était assise près d'elle. La pauvre femme, pour tout jardin, avait quelques fleurs sur sa croisée. Son costume, toujours le même, était de couleur sombre, car elle n'avait pas de robe du matin; tout superflu est signe de richesse. Une velléité de fausse élégance lui faisait porter cependant des boucles d'oreilles de mauvais goût et une chaîne de chrysocale. Ajoutez à cela des cheveux en désordre et l'apparence d'une fatigue habituelle; vous conviendrez que le premier coup-d'œil ne lui rendait pas en ce moment la comparaison favorable.

Valentin n'osa pas, en présence de la mère, montrer le dessin qu'il apportait. Mais lorsque trois heures sonnèrent, la vieille dame, qui n'avait pas de servante, sortit pour préparer son dîner. C'était l'instant qu'attendait le jeune homme. Il tira donc de nouveau son portrait, et tenta sa seconde épreuve. La veuve n'avait pas grande finesse; elle ne se reconnut pas, et Valentin, un peu confus, se vit obligé de lui expliquer que c'était elle qu'il avait voulu faire. Elle en parut d'abord étonnée, puis enchantée, et croyant simplement que c'était un cadeau que Valentin lui offrait, elle alla décrocher un petit cadre de bois blanc à la cheminée, en ôta un affreux portrait de Napoléon qui y jaunissait depuis 1810, et se disposa à y mettre le sien.

Valentin commença par la laisser faire; il ne pouvait se résoudre à gâter ce mouvement de joie naïve. Cependant l'idée que madame de Parnes lui redemanderait sans doute son dessin, le chagrinait visiblement; madame Delaunay, qui s'en aperçut, crut avoir commis une indiscrétion; elle s'arrêta, embarrassée, tenant son cadre et ne sachant qu'en faire. Valentin, qui, de son côté, sentait qu'il avait fait une sottise en montrant ce portrait qu'il ne voulait pas donner, cherchait en vain à sortir d'embarras. Après quelques instants de gêne et d'hésitation, le cadre et le papier restèrent sur la table, à côté du Napoléon détrôné, et madame Delaunay reprit son ouvrage.

— Je voudrais, dit enfin Valentin, qu'avant de vous laisser cette petite ébauche, il me fût permis d'en faire une copie. — Je crois que je ne suis qu'une étourdie, répondit la veuve. Gardez ce dessin qui vous appartient, si vous y attachez quelque prix. Je ne suppose pourtant pas que votre intention soit de le mettre dans votre chambre ni de le montrer à vos amis. — Certainement non; mais c'est pour moi que je l'ai fait, et je ne voudrais pas le perdre entièrement. — A quoi pourra-t-il vous servir, puisque vous m'assurez que vous ne le montrerez pas? — Il me servira à vous voir, Madame, et à parler quelquefois à votre image de ce que je n'ose vous dire à vous-même.

Quoique cette phrase, à la rigueur, ne fut qu'une galanterie, le ton dont elle était prononcée fit lever les yeux à la veuve. Elle jeta sur le jeune homme un regard, non pas sévère, mais sérieux; ce regard troubla Valentin, déjà ému de ses propres paroles; il roula l'esquisse et allait la remettre dans sa poche, quand madame Delaunay se leva et la lui prit des mains d'un air de raillerie timide. Il se mit à rire, et à son tour s'empara lestement du papier.

— Et de quel droit, Madame, m'ôteriez-vous ma propriété? Est-ce que cela ne m'appartient pas? — Non, dit-elle assez sèchement; personne n'a le droit de faire un portrait sans le consentement du modèle.

Elle s'était rassise à ce mot, et Valentin, la voyant un peu agitée, s'approcha d'elle et se sentit plus hardi. Soit repentir d'avoir laissé voir le plaisir qu'elle avait d'abord ressenti, soit désappointement, soit impatience, madame Delaunay avait la main tremblante. Valentin, qui venait de baiser celle de madame de Parnes, et qui ne l'avait pas fait trembler pour cela, prit, sans autre réflexion, celle de la veuve. Elle le regarda d'un air stupéfait, car c'était la première fois qu'il arrivait à Valentin d'être si familier avec elle. Mais quand elle le vit s'incliner et approcher ses lèvres de sa main, elle se leva, lui laissa prendre sans résistance un long baiser sur sa mitaine, et lui dit avec une extrême douceur : Mon cher monsieur, ma mère a besoin de moi ; je suis fâchée de vous quitter.

Elle le laissa seul sur ce compliment, sans lui donner le temps de la retenir et sans attendre sa réponse. Il se sentit fort inquiet ; il eut peur de l'avoir blessée ; il ne pouvait se décider à s'en aller et restait debout, attendant qu'elle revînt. Ce fut la mère qui reparut, et il craignit, en la voyant, que son imprudence ne lui coûtât cher ; il n'en fut rien ; la bonne dame, de l'air le plus riant, venait lui tenir compagnie pendant que sa fille repassait sa robe pour aller le soir à son petit bal. Il voulut attendre encore quelque temps, espérant toujours que la belle boudeuse allait pardonner ; mais la robe était, à ce qu'il paraît, fort ample ; le temps de se retirer arriva, et il fallut partir sans connaître son sort.

Rentré chez lui, notre étourdi ne se trouva pourtant pas trop mécontent de sa journée. Il repassa peu à peu dans sa tête toutes les circonstances de ses deux visites ; comme un chasseur qui a lancé le cerf, et qui calcule ses embuscades, ainsi l'amoureux calcule ses chances et raisonne sa fantaisie. La modestie n'était pas le défaut de Valentin. Il commença par convenir avec lui-même que la marquise lui appartenait. En effet, il n'y avait eu de la part de madame de Parnes ombre de sévérité ni de résistance. Il fit cependant réflexion que, par cette raison même, il pouvait bien n'y avoir eu qu'une ombre légère de coquetterie. Il y a de très belles dames de par le monde qui se laissent baiser la main, comme le pape laisse baiser sa mule; c'est une formalité charitable; tant mieux pour ceux qu'elle mène en paradis. Valentin se dit que la pruderie de la veuve promettait peut-être plus, au fond, que le laisser-aller de la marquise. Madame Delaunay, après tout, n'avait pas été bien rigide. Elle avait doucement retiré sa main, et s'en était allée repasser sa robe. En pensant à cette robe, Valentin pensa au petit bal; c'était le soir même; il se promit d'y aller.

Tout en se promenant par la chambre, et tout en faisant sa toilette, son imagination s'exaltait. C'était la veuve qu'il allait voir, c'était à elle qu'il songeait. Il vit sur sa table un petit portefeuille assez laid, qu'il avait gagné dans une loterie. Sur la couverture de ce portefeuille était un méchant paysage à l'aquarelle, sous verre, et assez bien monté. Il remplaça adroitement ce paysage par le portrait de madame de Parnes; je me trompe, je veux dire de madame Delaunay. Cela fait, il mit ce portefeuille en poche, se promettant de le tirer à propos, et de le faire voir à sa future conquête. Que dira-t-elle? se demanda-t-il. Et que répondrai-je? se demanda-t-il encore. Tout en ruminant entre ses dents quelques-unes de ces phrases préparées d'avance qu'on apprend par cœur, et qu'on ne dit jamais, il lui vint l'idée beaucoup plus simple d'écrire une déclaration en forme, et de la donner à la veuve.

Le voilà écrivant; quatre pages se remplissent. Tout le monde sait combien le cœur s'émeut durant ces instants où l'on cède à la tentation de fixer sur le papier un sentiment peut-être fugitif; il est doux, il est dangereux, Madame, d'oser dire qu'on aime; la première page qu'écrivit Valentin était un peu froide et beaucoup trop lisible. Les virgules s'y trouvaient à leur place, les alinéas bien marqués, toutes choses qui prouvent peu d'amour. La seconde page était déjà moins correcte, les lignes se pressaient à la troisième, et la quatrième, il faut en convenir, était pleine de fautes d'orthographe.

Comment vous dire l'étrange pensée qui s'empara de Valentin, tandis qu'il cachetait sa lettre? C'était pour la veuve qu'il l'avait écrite; c'était à elle qu'il parlait de son amour, de son baiser du matin, de ses craintes et de ses désirs; au moment d'y mettre l'adresse, il s'aperçut, en se relisant, qu'aucun détail particulier ne se trouvait dans cette lettre, et il ne put s'empêcher de sourire à l'idée de l'envoyer à madame de Parnes. Peut-être y eut-il, à son insu, un motif caché qui le porta à exécuter cette idée bizarre. Il se sentait, au fond du cœur, incapable d'écrire une pareille lettre pour la marquise, et son cœur lui disait en même temps que, lorsqu'il voudrait, il en pourrait récrire une autre à madame Delaunay. Il profita donc de l'occasion, et envoya, sans plus tarder, la déclaration faite pour la veuve à l'hôtel de la Chaussée-d'Antin.

IV

C'était chez un ancien notaire, nommé M. des Andelys, qu'avait lieu la petite réunion où Valentin devait rencontrer madame Delaunay. Il l'y trouva, comme il l'espérait, plus belle et plus coquette que jamais. Malgré la chaîne et les boucles d'oreilles, sa toilette était presque simple ; un seul nœud de ruban de couleur changeante accompagnait son joli visage, et un autre de pareille nuance serrait sa taille souple et mignonne. J'ai dit qu'elle était fort petite, brune, et qu'elle avait de grands yeux ; elle était aussi un peu maigre, et différait en cela de madame de Parnes, dont l'embonpoint montrait les plus belles formes enveloppée d'un réseau d'albâtre. Pour me servir d'une expression d'atelier, qui rendra ici ma pensée, l'ensemble de madame Delaunay était *bien fondu*, c'est-à-dire que rien ne tranchait en elle ; ses cheveux n'étaient pas très noirs et son teint n'était pas très blanc ; elle avait l'air d'une petite créole ; madame de Parnes, au contraire, était comme peinte ; une légère pourpre colorait ses joues et ravivait ses yeux étincelans ; rien n'était plus admirable que ses épais cheveux noirs couronnant ses belles épaules. Mais je vois que je fais comme mon héros ; je pense à l'une quand il faut parler de l'autre ; souvenons-nous que la marquise n'allait point à des soirées de notaire.

Quand Valentin pria la veuve de lui accorder une contredanse, un *je suis engagée* bien sec fut toute la réponse qu'il obtint. Notre étourdi, qui s'y attendait, feignit de n'avoir pas entendu, et répondit : Je vous remercie. Il fit quelques pas là-dessus, et madame Delaunay courut après lui pour lui dire qu'il se trompait. En ce cas, demanda-t-il aussitôt, quelle contredanse me donnerez-vous? Elle rougit, et n'osant refuser, feuilletant un petit livret de bal où ses danseurs étaient inscrits : Ce livret me trompe, dit-elle en hésitant; il y a une quantité de noms que je n'ai pas encore effacés, et qui me troublent la mémoire. C'était bien le cas de tirer le porte-feuille à portrait; Valentin n'y manqua pas : Tenez, dit-il, écrivez mon nom sur la première page de cet album. Il me sera plus cher encore.

Madame Delaunay se reconnut cette fois; elle prit le portefeuille, regarda son portrait, et écrivit à la première page le nom de Valentin; après quoi, en lui rendant le portefeuille, elle lui dit assez tristement : Il faut que je vous parle, j'ai deux mots nécessaires à vous dire; mais je ne puis pas danser avec vous.

Elle passa alors dans une chambre voisine où l'on jouait, et Valentin la suivit. Elle paraissait excessivement embarrassée. Ce que j'ai à vous demander, dit-elle, va peut-être vous sembler très ridicule, et je sens moi-même que vous aurez raison de le trouver ainsi. Vous m'avez fait une visite ce matin, et vous m'avez... pris la main, ajouta-t-elle timidement. Je ne suis ni assez enfant ni assez sotte pour ignorer que si peu de chose ne fâche personne et ne signifie rien. Dans le grand monde, dans celui où vous vivez, ce n'est qu'une simple politesse; cependant nous nous trouvions seuls, et vous n'arriviez ni ne partiez; vous conviendrez, ou, pour mieux dire, vous comprendrez peut-être par amitié pour moi...

Elle s'arrêta, moitié par crainte, et moitié par ennui de l'effort qu'elle faisait. Valentin, à qui ce préambule causait une frayeur mortelle, attendait qu'elle continuât, lorsqu'une idée subite lui traversa l'esprit. Il ne réfléchit pas à ce qu'il faisait, et cédant à un premier mouvement, il s'écria : Votre mère l'a vu! — Non, répondit la veuve avec dignité; non, Monsieur, ma mère n'a rien vu. Comme elle achevait ces mots, la contredanse commença, son danseur vint la chercher, et elle disparut dans la foule.

Valentin attendit impatiemment, comme vous pouvez croire, que la contredanse fût finie. Ce moment désiré arriva enfin, mais madame Delaunay retourna à sa place, et, quoi qu'il fît pour l'approcher, il ne put lui parler. Elle ne semblait pas hésiter sur ce qui lui restait à dire, mais penser comment elle le dirait. Valentin se faisait mille questions qui toutes aboutissaient au même résultat : Elle veut me prier de ne plus revenir chez elle. Une pareille défense, cependant, sur un aussi léger prétexte, le révoltait. Il y trouvait plus que du ridicule; il y voyait ou une sévérité déplacée, ou un fausse vertu prompte à se faire valoir. C'est une bégueule ou une coquette, se dit-il. Voilà, Madame, comme on juge à vingt-cinq ans.

Madame Delaunay comprenait parfaitement ce qui se passait dans la tête du jeune homme. Elle l'avait bien un peu prévu, mais, en le voyant, elle perdait courage. Son intention n'était pas tout-à-fait de défendre sa porte à Valentin; mais tout en n'ayant guère d'esprit, elle avait beaucoup de cœur, et elle avait vu clairement le matin qu'il ne s'agissait pas d'une plaisanterie, et qu'elle allait être attaquée. Les femmes ont un certain tact qui les avertit de l'approche du combat. La plupart d'entre elles s'y exposent ou parce qu'elles se sentent sur leurs gardes, ou parce qu'elles prennent plaisir au danger. Les escarmouches amoureuses sont le passe-temps des belles oisives. Elles savent se défendre et ont, quand elles veulent, l'occasion de se distraire. Mais madame Delaunay était trop occupée, trop sédentaire; elle voyait trop peu de monde, elle travaillait trop aux ouvrages d'aiguille qui laissent rêver et font quelquefois rêver; elle était trop pauvre, en un mot, pour se laisser baiser la main. Non pas qu'aujourd'hui elle se crût en péril; mais qu'allait-il arriver demain si Valentin lui parlait d'amour, et si, après-demain, elle lui fermait sa maison, et si, le jour suivant, elle s'en repentait? L'ouvrage irait-il pendant ce temps-là? Y aurait-il le soir le nombre de points voulu? (Je vous expliquerai ceci plus tard.) Mais qu'allait-on dire, en tout cas? Une femme qui vit presque seule est bien plus exposée qu'une autre. Ne doit-elle pas être plus sévère? Madame Delaunay se disait qu'au risque d'être ridicule, il fallait éloigner Valentin, avant que son repos ne fût troublé. Elle voulait donc parler, mais elle était femme, et il était là; le *droit de présence* est le plus fort de tous, et le plus difficile à combattre.

Dans un moment où tous les motifs que je viens d'indiquer brièvement se représentaient à elle avec force, elle se leva. Valentin était en face d'elle, et leurs regards se rencontrèrent; depuis une heure, le jeune homme réfléchissait, seul, à l'écart, et lisait aussi de son côté dans les grands yeux de madame Delaunay chaque pensée qui l'agitait. A sa première impatience avait succédé la tristesse. Il se demandait si, en effet, c'était là une prude ou une coquette, et plus il cherchait dans ses souvenirs, plus il examinait le visage timide et pensif qu'il avait devant lui, plus il se sentait saisi d'un certain respect. Il se disait que son étourderie était peut-être plus grave qu'il ne l'avait cru. Quand madame Delaunay vint à lui, il savait ce qu'elle allait lui demander. Il voulait lui en éviter la peine; mais il la trouva trop belle et trop émue, et il aima mieux la laisser parler.

Ce ne fut pas sans trouble qu'elle s'y décida, et qu'elle en vint à tout expliquer. La fierté féminine, en cette circonstance, avait une rude atteinte à subir. Il fallait avouer qu'on était sensible, et cependant ne pas le laisser voir; il fallait dire qu'on avait tout compris, et cependant paraître ne rien comprendre. Il fallait dire enfin qu'on avait peur, dernier mot que prononce une femme; et la cause de cette crainte était si légère! Dès ses premières paroles, madame Delaunay sentit quil n'y avait, pour elle, qu'un moyen de n'être ni faible, ni prude, ni coquette, ni ridicule : c'était d'être vraie. Elle parla donc, et tout son discours pouvait se réduire à cette phrase : Eloignez-vous ; j'ai peur de vous aimer.

Quand elle se tut, Valentin la regarda à la fois avec étonnement, avec chagrin et avec un inexprimable plaisir. Je ne sais quel orgueil le saisissait ; il y a toujours de la joie à se sentir battre le cœur. Il ouvrait les lèvres pour répondre, et cent réponses lui venaient en même temps ; il s'enivrait de son émotion et de la présence d'une femme qui osait lui parler ainsi. Il voulait lui dire qu'il l'aimait, il voulait lui promettre de lui obéir, il voulait lui jurer de ne la jamais quitter, il voulait la remercier de son bonheur, il voulait lui parler de sa peine ; enfin mille idées contradictoires, mille tourments et mille délices lui traversaient l'esprit, et, au milieu de tout cela, il était sur le point de s'écrier malgré lui : Mais vous m'aimez !

Pendant toutes ces hésitations, on dansait un galop dans le salon. C'était la mode en 1825 ; quelques groupes s'étaient lancés et faisaient le tour de l'appartement ; la veuve se leva ; elle attendait toujours la réponse du jeune homme. Une singulière tentation s'empara de lui, en voyant passer la joyeuse promenade : Eh bien ! oui, dit-il, je vous le jure, vous me voyez pour la dernière fois. En parlant ainsi, il entoura de son bras la taille de madame Delaunay. Ses yeux semblaient dire : Cette fois encore, soyons amis, imitons-les. Elle se laissa entraîner en silence, et bientôt, comme deux oiseaux, ils s'envolèrent au bruit de la musique.

Il était tard, et le salon était presque vide; les tables de jeu étaient encore garnies; mais il faut savoir que la salle à manger du notaire faisait un retour sur l'appartement, et qu'elle se trouvait alors complètement déserte. Les galopeurs n'allaient pas plus loin; ils tournaient autour de la table, puis revenaient au salon. Il arriva que, lorsque Valentin et madame Delaunay passèrent à leur tour dans cette salle à manger, aucuns danseurs ne les suivaient; ils se trouvèrent donc tout-à-coup seuls, au milieu du bal; un regard rapide, jeté en arrière, convainquit Valentin qu'aucune glace, aucune porte ne pouvait le trahir; il serra la jeune veuve sur son cœur, et, sans lui dire une parole, posa ses lèvres sur son épaule nue.

Le moindre cri échappé à madame Delaunay aurait causé un affreux scandale. Heureusement pour l'étourdi, sa danseuse se montra prudente; mais elle ne put se montrer brave en même temps, et elle serait tombée, s'il ne l'avait retenue. Il la retint donc, et en rentrant au salon, elle s'arrêta, appuyée sur son bras, pouvant à peine respirer. Que n'eût-il pas donné pour pouvoir compter les battements de ce cœur tremblant! Mais la musique cessait, il fallut partir, et quoi qu'il pût dire à madame Delaunay, elle ne voulut point lui répondre.

V

Notre héros ne s'était point trompé lorsqu'il avait craint de compter trop vite sur l'indolence de la marquise. Il était encore, le lendemain, entre la veille et le sommeil, lorsqu'on lui apporta un billet à peu près conçu ainsi :

« Monsieur, je ne sais qui vous a donné le droit de m'écrire dans de pareils termes. Si ce n'est pas une méprise, c'est une gageure ou une impertinence. Dans tous les cas, je vous renvoie votre lettre, qui ne peut pas m'être adressée. »

Encore tout plein d'un souvenir plus vif, Valentin se souvenait à peine de sa déclaration envoyée à madame de Parnes. Il relut deux ou trois fois le billet avant d'en comprendre clairement le sens. Il en fut d'abord assez honteux, et cherchait vainement quelle réponse il pouvait y faire. En se levant et se frottant les yeux, ses idées devinrent plus nettes. Il lui sembla que ce langage n'était pas celui d'une femme offensée. Ce n'était pas ainsi que s'était exprimée madame Delaunay. Il relut la lettre qu'on lui renvoyait; il n'y trouva rien qui méritât tant de colère; cette lettre était passionnée, folle peut-être, mais sincère et respectueuse. Il jeta le billet sur sa table et se promit de n'y plus penser.

De pareilles promesses ne se tiennent guère; il n'y aurait peut-être plus pensé, en effet, si le billet, au lieu d'être sévère, eût été tendre ou seulement poli; car la soirée de la veille avait laissé dans l'âme du jeune homme une trace profonde. Mais la colère est contagieuse; Valentin commença par essuyer son rasoir sur le billet de la marquise; puis il le déchira et le jeta à terre; puis il brûla sa déclaration; puis il s'habilla, et se promena à grands pas par la chambre; puis il demanda à déjeuner, et ne put ni boire ni manger; puis, enfin, il prit son chapeau, et s'en fut chez madame de Parnes.

On lui répondit qu'elle était sortie; voulant savoir si c'était vrai, il répondit : C'est bon, je le sais; et traversa lestement la cour. Le portier courait après lui, lorsqu'il rencontra la femme de chambre. Il aborda celle-ci, la prit à l'écart, et sans autre préambule, lui mit un louis dans la main. Madame de Parnes était chez elle; il fut convenu avec la servante que personne n'aurait vu Valentin, et qu'on l'aurait laissé passer par mégarde. Il entra là-dessus, traversa le salon, et trouva la marquise seule dans sa chambre à coucher.

Elle lui parut, s'il faut tout dire, beaucoup moins en colère que son billet. Elle lui fit pourtant, vous vous y attendez, des reproches de sa conduite, et lui demanda fort sèchement par quel hasard il entrait ainsi. Il répondit d'un air naturel qu'il n'avait point rencontré de domestique pour se faire annoncer, et qu'il venait offrir, en toute humilité, les très humbles excuses de sa conduite.

— Et quelles excuses en pouvez-vous donner? demanda madame de Parnes.

Le mot de méprise qui se trouvait dans le billet revint par hasard à la mémoire de Valentin; il lui sembla plaisant de prendre ce prétexte, et de dire ainsi la vérité. Il répondit donc que la lettre insolente dont se plaignait la marquise, n'avait pas été écrite pour elle, et qu'elle lui avait été apportée par erreur. Persuader une pareille affaire n'était pas facile, comme bien vous pensez. Comment peut-on écrire un nom et une adresse par méprise? Je ne me charge pas de vous expliquer par quelle raison madame de Parnes crut ou feignit de croire à ce que Valentin lui disait. Il lui raconta, du reste, plus sincèrement qu'elle ne le pensait, qu'il était amoureux d'une jeune veuve, que cette veuve, par le hasard le plus singulier, ressemblait beaucoup à madame la marquise, qu'il la voyait souvent, qu'il l'avait vue la veille; il dit, en un mot, tout ce qu'il pouvait dire, en retranchant le nom et quelques petits détails que vous devinerez.

Il n'est pas sans exemple qu'un amoureux novice se serve de fables de ce genre pour déguiser sa passion. Dire à une femme qu'on en aime une autre qui lui est semblable en tout point, c'est à la rigueur un moyen romanesque qui peut donner le droit de parler d'amour; mais il faut, je crois, pour cela, que la personne auprès de laquelle on emploie de pareils stratagèmes, y mette un peu de bonne volonté; fut-ce ainsi que la marquise l'entendit? Je l'ignore. La vanité blessée plutôt que l'amour avait amené Valentin; plutôt que l'amour, la vanité flattée appaisa madame de Parnes; elle en vint même à faire au jeune homme quelques questions sur sa veuve; elle s'étonnait de la ressemblance dont il lui parlait; elle serait, disait-elle, curieuse d'en juger par ses yeux; quel est son âge? demandait-elle; est-elle plus petite ou plus grande que moi? a-t-elle de l'esprit? où va-t-elle? est-ce que je ne la connais pas?

A toutes ces demandes, Valentin répondait, autant que possible, la vérité. Cette sincérité de sa part avait, à chaque mot, l'air d'une flatterie détournée. Elle n'est ni plus grande, ni plus petite que vous, disait-il; elle a, comme vous, cette taille charmante, comme vous ce pied incomparable, comme vous ces beaux yeux pleins de feu. La conversation, sur ce ton, ne déplaisait pas à la marquise. Tout en écoutant d'un air détaché, elle se mirait du coin de l'œil. A dire vrai, ce petit manége choquait horriblement Valentin. Il ne pouvait comprendre cette demi-vertu ni cette demi-hypocrisie d'une femme qui se fâchait d'une parole franche, et qui s'en laissait conter à travers une gaze. En voyant les œillades que la marquise se renvoyait à elle-même dans la glace, il se sentait l'envie de lui tout dire, le nom, la rue, le baiser du bal, et de prendre ainsi sa revanche complète sur le billet qu'il avait reçu.

Une question de madame de Parnes soulagea la mauvaise humeur du jeune homme. Elle lui demanda, d'un air railleur, s'il ne pouvait du moins lui dire le nom de baptême de sa veuve. Elle s'appelle Julie, répliqua-t-il sur-le-champ. Il y avait, dans cette réponse, si peu d'hésitation et tant de netteté, que madame de Parnes en fut frappée. C'est un assez joli nom, dit-elle; et la conversation tomba tout à coup.

Il arriva alors une chose peut-être difficile à expliquer, et peut-être aisée à comprendre. Dès que la marquise crut sérieusement que cette déclaration qui l'avait choquée n'était réellement pas pour elle, elle en parut surprise et presque blessée. Soit que la légèreté de Valentin lui semblât trop forte, s'il en aimait une autre, soit qu'elle regrettât d'avoir montré de la colère mal à propos, elle devint rêveuse, et, ce qui est étrange, en même temps irritée et coquette. Elle voulut revenir sur son pardon, et tout en cherchant querelle à Valentin, elle s'assit à sa toilette; elle dénoua le ruban qui entourait son cou, puis le rattacha; elle prit un peigne; sa coiffure semblait lui déplaire; elle refaisait une boucle d'un côté, en retranchait une de l'autre; comme elle arrangeait son chignon, le peigne lui glissa des mains, et sa longue chevelure noire lui couvrit les épaules.

— Voulez-vous que je sonne? demanda Valentin; avez-vous besoin de votre femme de chambre? — Ce n'est pas la peine, répondit la marquise, qui releva d'une main impatiente ses cheveux déroulés, et y enfonça son peigne : Je ne sais ce que font mes domestiques; il faut qu'ils soient tous sortis, car j'avais défendu ce matin qu'on me laissât entrer personne. — En ce cas, dit Valentin, j'ai commis une indiscrétion, et je me retire.

Il fit quelques pas vers la porte, et allait sortir en effet, quand la marquise, qui tournait le dos, et apparemment n'avait pas entendu sa réponse, lui dit : Donnez-moi une boîte qui est sur la cheminée.

Il obéit; elle prit des épingles dans la boîte, et rajusta sa coiffure.

— A propos, dit-elle, et ce portrait que vous aviez fait? — Je ne sais où il est, répondit Valentin; mais je le retrouverai, et si vous permettez, je vous le donnerai, lorsque je l'aurai retouché.

Un domestique vint, apportant une lettre à laquelle il fallait une réponse. La marquise se mit à écrire; Valentin se leva et entra dans le jardin. En passant près du pavillon, il vit que la porte en était ouverte; la femme de chambre qu'il avait rencontrée en arrivant, y essuyait les meubles; il entra, curieux d'examiner de près ce mystérieux boudoir qu'on disait délaissé. En le voyant, la servante se mit à rire avec cet air de protection que prend tout laquais après une confidence. C'était une fille jeune et assez jolie; il s'approcha d'elle délibérément, et se jeta sur un fauteuil.

— Est-ce que votre maîtresse ne vient pas quelquefois ici? demanda-t-il d'un air distrait.

La soubrette semblait hésiter à répondre; elle continuait à ranger; en passant devant la chaise longue de forme moderne dont je vous ai, je crois, parlé, elle dit à demi voix : Voilà le fauteuil de madame. — Et pourquoi, reprit Valentin, madame dit-elle qu'elle ne vient jamais? — Monsieur, répondit la servante, c'est que l'ancien marquis, ne vous déplaise, a fait des siennes dans ce pavillon. Il a mauvais renom dans le quartier; quand on y entend du tapage, on dit : C'est le pavillon de Parnes; et voilà pourquoi madame s'en défend. — Et qu'y vient faire madame? demanda encore Valentin.

Pour toute réponse, la soubrette haussa légèrement les épaules, comme pour dire : Pas grand mal,

Valentin regarda par la fenêtre si la marquise écrivait encore. Il avait mis, tout en causant, la main dans la poche de son gilet ; le hasard voulut que dans ce moment il fût dans la veine dorée ; un caprice de curiosité lui passa par la tête ; il tira un double louis neuf qui reluisait merveilleusement au soleil, et dit à la soubrette : Cachez-moi ici.

D'après ce qui s'était passé, la soubrette croyait que Valentin n'était pas mal vu de sa maîtresse. Pour entrer d'autorité chez une femme, il faut une certaine assurance d'en être bien reçu, et quand, après avoir forcé sa porte, on passe une demi-heure dans sa chambre, les domestiques savent qu'en penser. Cependant la proposition était hardie ; se cacher pour surprendre les gens, c'est une idée d'amoureux, et non une idée d'amant ; le double louis, quelque beau qu'il fût, ne pouvait lutter avec la crainte d'être chassée. Mais après tout, pensa la servante, quand on est aussi amoureux, on est bien près de devenir amant. Qui sait ? au lieu d'être chassée, je serai peut-être remerciée. Elle prit donc le double louis en soupirant, et montra en riant à Valentin un vaste placard où il se jeta.

— Où êtes-vous donc ? demandait la marquise, qui venait de descendre dans le jardin.

La servante répondit que Valentin était sorti par le petit salon. Madame de Parnes regarda de côté et d'autre, comme pour s'assurer qu'il était parti ; puis elle entra dans le pavillon, y jeta un coup-d'œil, et s'en fut après avoir fermé la porte à clé.

Vous trouverez peut-être, Madame, que je vous fais un conte invraisemblable. Je connais des gens d'esprit, dans ce siècle de prose, qui soutiendraient très gravement que de pareilles choses ne sont pas possibles, et que, depuis la révolution, on ne se cache plus dans un pavillon. Il n'y a qu'une réponse à faire à ces incrédules : c'est qu'ils ont sans doute oublié le temps où ils étaient amoureux.

Dès que Valentin se trouva seul, il lui vint l'idée très naturelle qu'il allait peut-être passer là une journée. Quand sa curiosité fut satisfaite, et après qu'il eut examiné à loisir le lustre, les rideaux et les consoles, il se trouva avec un grand appétit, vis-à-vis d'un sucrier et d'une carafe. Je vous ai dit que le billet du matin l'avait empêché de déjeuner; mais il n'avait, en ce moment, aucun motif pour ne pas dîner. Il avala deux ou trois morceaux de sucre, et se souvint d'un vieux paysan à qui on demandait s'il aimait les femmes : J'aime assez une belle fille, répondit le brave homme, mais j'aime mieux une bonne côtelette. Valentin pensait aux festins dont, au dire de la soubrette, ce pavillon avait été témoin, et à la vue d'une belle table ronde qui occupait le milieu de la chambre, il aurait volontiers évoqué le spectre des petits soupers du défunt marquis. Qu'on serait bien ici, se disait-il, par une soirée ou par une nuit d'été, les fenêtres ouvertes, les persiennes fermées, les bougies allumées, la table servie ! Quel heureux temps que celui où nos ancêtres n'avaient qu'à frapper du pied sur le parquet, pour faire sortir de terre un bon repas ! Et en parlant ainsi, Valentin frappait du pied, mais rien ne lui répondait que l'écho de la voûte et le gémissement d'une harpe détendue.

Le bruit d'une clé dans la serrure le fit retourner précipitamment à son placard; était-ce la marquise ou la femme de chambre? Celle-ci pouvait le délivrer, ou du moins lui donner un morceau de pain. M'accusez-vous encore d'être romanesque, si je vous dis qu'en ce moment il ne savait laquelle des deux il eût souhaité de voir entrer?

Ce fut la marquise qui parut. Que venait-elle faire? La curiosité fut si forte, que toute autre idée s'évanouit; madame de Parnes sortait de table; elle fit précisément ce que Valentin rêvait tout à l'heure; elle ouvrit les fenêtres, ferma les persiennes, et alluma deux bougies; le jour commençait à tomber. Elle posa sur la table un livre qu'elle tenait, fit quelques pas en fredonnant, et s'assit sur un canapé.

— Que vient-elle faire? se répétait Valentin. Malgré l'opinion de la servante, il ne pouvait se défendre d'espérer qu'il allait découvrir quelque mystère. Qui sait? pensa-t-il; elle attend peut-être quelqu'un; je me trouverais jouer un beau rôle, s'il allait arriver un tiers. La marquise ouvrait son livre au hasard, puis le fermait, puis semblait réfléchir. Le jeune homme crut s'apercevoir qu'elle regardait du côté du placard. A travers la porte entre-bâillée, il suivait tous ses mouvements; une étrange idée lui vint tout à coup; la femme de chambre avait-elle parlé, et la marquise savait-elle qu'il était là?

Voilà, direz-vous, une idée bien folle, et surtout bien peu vraisemblable. Comment supposer qu'après son billet la marquise, instruite de la présence du jeune homme, ne l'eût pas fait mettre à la porte, ou, tout au moins, ne l'y eût pas mis elle-même? Je commence, Madame, par vous assurer que je suis du même avis que vous; mais je dois ajouter, pour l'acquit de ma conscience, que je ne me charge, sous aucun prétexte, d'éclaircir des idées de ce genre. Il y a des gens qui supposent toujours, et d'autres qui ne supposent jamais; le devoir d'un historien est de raconter et de laisser penser ceux qui s'en amusent.

Tout ce que je puis dire, c'est qu'il est évident que la déclaration de Valentin avait déplu à madame de Parnes; qu'il est probable qu'elle n'y songeait plus; que, selon toute apparence, elle le croyait parti; qu'il est probable encore qu'elle avait bien dîné, et qu'elle venait faire la sieste dans son pavillon; mais il est certain qu'elle commença par mettre un de ses pieds sur son canapé, puis l'autre, puis qu'elle posa la tête sur un coussin, puis qu'elle ferma doucement les yeux; et il me paraît difficile, après cela, de ne pas croire qu'elle s'endormit.

Valentin eut envie, comme dit Valmont, d'essayer de passer pour un songe. Il poussa la porte du placard; un craquement le fit frémir; la marquise avait ouvert les yeux, elle souleva sa tête et regarda autour d'elle; Valentin ne bougeait pas, comme vous pouvez croire; n'entendant plus rien et n'ayant rien vu, madame de Parnes se rendormit; le jeune homme avança sur la pointe du pied, et le cœur palpitant, respirant à peine, il parvint, comme Robert-le-Diable, jusqu'à Isabelle assoupie.

Ce n'est pas en pareille circonstance qu'on réfléchit ordinairement. Jamais madame de Parnes n'avait été si belle; ses lèvres entr'ouvertes semblaient plus vermeilles; un plus vif incarnat colorait ses joues; sa respiration, égale et paisible, soulevait doucement son sein d'albâtre, couvert d'une blonde légère. L'ange de la nuit ne sortit pas plus beau d'un bloc de marbre de Carrare, sous le ciseau de Michel-Ange. Certes, même en s'en offensant, une telle femme surprise ainsi doit pardonner le désir qu'elle inspire. Un léger mouvement de la marquise arrêta cependant Valentin. Dormait-elle? Cet étrange doute le troublait malgré lui. Et qu'importe? se dit-il; est-ce donc un piége? quel travers et quelle folie! pourquoi l'amour perdrait-il de son prix en s'apercevant qu'il est partagé? Quoi de plus permis, de plus vrai, qu'un demi-mensonge qui se laisse deviner? Quoi de plus beau qu'elle, si elle dort? Quoi de plus charmant, si elle ne dort pas?

Tout en se parlant ainsi il restait immobile, et ne pouvait s'empêcher de chercher un moyen de savoir la vérité. Dominé par cette pensée, il prit un petit morceau de sucre qui restait encore de son repas, et, se cachant derrière la marquise, il le lui jeta sur la main. Elle ne remua pas; il poussa une chaise, doucement d'abord puis un peu plus fort; point de réponse. Il étendit le bras, et fit tomber à terre le livre que madame de Parnes avait posé sur la table. Il la crut éveillée cette fois, et se blottit derrière le canapé; mais rien ne bougeait. Il se leva alors, et comme la persienne entr'ouverte exposait la marquise au serein, il la ferma avec précaution. — Vous comprenez, Madame, que je n'étais pas dans le pavillon, et, du moment que la persienne fut fermée, il m'a été impossible d'en voir davantage.

VI

Il n'y avait pas plus de quinze jours de cela, lorsque Valentin, en sortant de chez madame Delaunay, oublia son mouchoir sur un fauteuil. Quand le jeune homme fut parti, madame Delaunay ramassa le mouchoir, et ayant, par hasard, regardé la marque, elle trouva un I et un P très délicatement brodés. Ce n'était pas le chiffre de Valentin ; à qui donc appartenait ce mouchoir? Le nom d'Isabelle de Parnes n'avait jamais été prononcé rue du Plat-d'Etain, et la veuve, par conséquent, se perdait en vaines conjectures. Elle retournait le mouchoir dans tous les sens, regardait un coin, puis un autre, comme si elle eût espéré découvrir quelque part le véritable nom du propriétaire.

Et pourquoi, me demanderez-vous, tant de curiosité pour une chose si simple? On emprunte tous les jours un mouchoir à un ami, et on le perd ; cela va sans dire. Qu'y a-t-il là d'extraordinaire? Cependant madame Delaunay examinait de près la fine batiste, et y trouvait un air féminin qui lui faisait hocher la tête. Elle se connaissait en broderie, et le dessin lui paraissait bien riche pour sortir de l'armoire d'un garçon. Un indice imprévu lui découvrit la vérité. Aux plis du mouchoir, elle reconnut qu'un des coins avait été noué pour servir de bourse, et cette manière de serrer son argent n'appartient, vous le savez, qu'aux femmmes. Elle pâlit à cette découverte, et après avoir pendant quelque temps fixé sur le mouchoir des regards positifs, elle fut obligée de s'en servir pour essuyer une larme qui coulait sur sa joue.

Une larme! direz-vous ; déjà une larme! Hélas! oui, Madame, elle pleurait. Qu'était-il donc arrivé? Je vais vous le dire; mais il faut pour cela revenir un instant sur nos pas.

Il faut savoir que, le surlendemain du bal, Valentin était venu chez madame Delaunay. La mère lui ouvrit la porte et lui répondit que sa fille était sortie. Madame Delaunay, là-dessus, avait écrit une longue lettre au jeune homme; elle lui rappelait leur dernier entretien, et le suppliait de ne plus venir la voir. Elle comptait sur sa parole, sur son honneur et sur son amitié. Elle ne se montrait pas offensée, et ne parlait pas du galop. Bref, Valentin lut cette lettre d'un bout à l'autre sans y trouver rien de trop ni de trop peu. Il se sentit touché, et il eût obéi, si le dernier mot n'y eût pas été. Ce dernier mot, il est vrai, avait été effacé, mais si légèrement, qu'on ne l'en voyait que mieux. Adieu, disait la veuve en terminant sa lettre; soyez heureux.

Dire à un amant qu'on bannit : *Soyez heureux*, qu'en pensez-vous, Madame? N'est-ce pas lui dire : Je ne suis pas heureuse? Le vendredi venu, Valentin hésita longtemps s'il irait ou non chez le notaire.

Malgré son âge et son étourderie, l'idée de nuire à qui que ce fût lui était insupportable. Il ne savait à quoi se décider, lorsqu'il se répéta : Soyez heureux ! Et il courut chez M. des Andelys.

Pourquoi madame Delaunay y était-elle? Quand notre héros entra dans le salon, il la vit froncer le sourcil avec une singulière expression. Pour ce qui regarde les manières, il y avait bien en elle quelque coquetterie; mais, au fond du cœur, personne n'était plus simple, plus inexpérimentée que madame Delaunay. Elle avait pu, en voyant le danger, tenter hardiment de s'en défendre; mais pour résister à une lutte engagée, elle n'avait pas les armes nécessaires. Elle ne savait rien de ces manéges habiles, de ces ressources toujours prêtes, au moyen desquelles une femme d'esprit sait tenir l'amour en lisière et l'éloigner ou l'appeler tour à tour. Qnand Valentin lui avait baisé la main, elle s'était dit : Voilà un mauvais sujet dont je pourrais bien devenir amoureuse; il faut qu'il parte sur-le-champ. Mais lorsqu'elle le vit, chez le notaire, entrer gaîment sur la pointe du pied, serré dans sa cravate et le sourire sur les lèvres, la saluant, malgré sa défense, avec un gracieux respect, elle se dit : Voilà un homme plus obstiné et plus rusé que moi; je ne serai pas la plus forte avec lui, et puisqu'il revient, il m'aime peut-être.

Elle ne refusa pas, cette fois, la contredanse qu'il lui demandait; aux premières paroles, il vit en elle une grande résignation et une grande inquiétude. Au fond de cette âme timide et droite, il y avait quelque ennui de la vie; tout en désirant le repos, elle était lasse de la solitude. M. Delaunay, mort fort jeune, ne l'avait point aimée; il l'avait prise pour ménagère, plutôt que pour femme, et quoiqu'elle n'eût point de dot, il avait fait, en l'épousant, ce qu'on appelle un mariage de raison. L'économie, l'ordre, la vigilance, l'estime publique, l'amitié de son mari, les vertus domestiques, en un mot, voilà ce qu'elle connaissait en ce monde. Valentin avait, dans le salon de M. des Andelys, la réputation que tout jeune homme dont le tailleur est bon, peut avoir chez un notaire. On n'en parlait que comme d'un *élégant,* d'un habitué de Tortoni, et les petites cousines se chuchotaient entre elles des histoires de l'autre monde qu'on lui attribuait. Il était descendu par une cheminée chez une baronne; il avait sauté par la fenêtre d'une duchesse qui demeurait au cinquième étage, le tout par amour et sans se faire de mal, etc., etc.

Madame Delaunay avait trop de bon sens pour écouter ces niaiseries; mais elle eût peut-être mieux fait de les écouter que d'en entendre quelques mots au hasard. Tout dépend souvent, ici-bas, du pied sur lequel on se présente. Pour parler comme les écoliers, Valentin avait l'avantage sur madame Delaunay. Pour lui reprocher d'être venu, elle attendait qu'il lui en demandât pardon. Il s'en garda bien, comme vous pensez. S'il eût été ce qu'elle le croyait, c'est-à-dire un homme à bonnes fortunes, il n'eût peut-être pas réussi près d'elle, car elle l'eût senti alors trop habile et trop sûr de lui; mais il tremblait en la touchant, et cette preuve d'amour, jointe à un peu de crainte, troublait à la fois la tête et le cœur de la jeune femme. Il n'était pas question, dans tout cela, de la salle à manger du notaire, ils semblaient tous deux l'avoir oubliée ; mais quand arriva le signal du galop, et que Valentin vint inviter la veuve, il fallut bien s'en souvenir.

Il m'a assuré que de sa vie il n'avait vu un plus beau visage que celui de madame Delaunay quand il lui fit cette invitation. Son front, ses joues, se couvrirent de rougeur; tout le sang qu'elle avait au cœur reflua autour de ses grands yeux noirs, comme pour en faire ressortir la flamme. Elle se souleva à demi, prête à accepter, et n'osant le faire; un léger frisson fit trembler ses épaules, qui, cette fois, n'étaient pas nues. Valentin lui tenait la main ; il la pressa doucement dans la sienne comme pour lui dire : Ne craignez plus rien, je sens que vous m'aimez.

Avez-vous quelquefois réfléchi à la position d'une femme qui pardonne un baiser qu'on lui a dérobé? Au moment où elle promet de l'oublier, c'est à peu près comme si elle l'accordait. Valentin osa faire à madame Delaunay quelques reproches de sa colère; il se plaignit de sa sévérité, de l'éloignement où elle l'avait tenu; il en vint enfin, non sans hésiter, à lui parler d'un petit jardin situé derrière sa maison, lieu retiré, à l'ombrage épais, où nul œil indiscret ne pouvait pénétrer. Une fraîche cascade, par son murmure, y protégeait la causerie; la solitude y protégeait l'amour. Nul bruit, nul témoin, nul danger. Parler d'un lieu pareil au milieu du monde, au son de la musique, dans le tourbillon d'une fête, à une jeune femme qui vous écoute, qui n'accepte ni ne refuse, mais qui laisse dire et qui sourit... ah! Madame; parler ainsi d'un lieu pareil, c'est peut-être plus doux que d'y être !

Tandis que Valentin se livrait sans réserve, la veuve écoutait sans réflexion. De temps en temps, aux ardents désirs elle opposait une objection timide; de temps en temps, elle feignait de ne plus entendre, et si un mot lui avait échappé, en rougissant, elle le faisait répéter. Sa main, pressée par celle du jeune homme, voulait être froide et immobile; elle était inquiète et brûlante. Le hasard, qui sert les amants, voulut qu'en passant dans la salle à manger ils se retrouvassent seuls comme la dernière fois. Valentin n'eut pas même la pensée de troubler la rêverie de sa valseuse, et, à la place du désir, madame Delaunay vit l'amour. Que vous dirais-je? Ce respect, cette audace, cette chambre, ce bal, l'occasion, tout se réunissait pour la séduire. Elle ferma les yeux à demi, soupira... et ne promit rien.

Voilà, Madame, par quelle raison madame Delaunay se mit à pleurer quand elle trouva le mouchoir de la marquise.

VII

De ce que Valentin avait oublié ce mouchoir, il ne faut pas croire cependant qu'il n'en eût pas un dans sa poche.

Pendant que madame Delaunay pleurait, notre étourdi, qui n'en savait rien, était fort éloigné de pleurer. Il était dans un petit salon boisé, doré et musqué comme une bonbonnière, au fond d'un grand fauteuil de damas violet. Il écoutait, après un bon dîner, *l'invitation à la valse* de *Weber*, et tout en prenant d'excellent café, il regardait de temps en temps le cou blanc de madame de Parnes. Celle-ci, dans tous ses atours, et exaltée, comme dit Hoffmann, par une tasse de thé bien sucré, faisait de son mieux de ses belles mains. Ce n'était pas de la petite musique, et il faut dire, en toute justice, qu'elle s'en tirait parfaitement. Je ne sais lequel méritait le plus d'éloge, ou du sentimental maître allemand, ou de l'intelligente musicienne, ou de l'admirable instrument d'Erard qui renvoyait en vibrations sonores la double inspiration qui l'animait.

Le morceau fini, Valentin se leva, et tirant de sa poche un mouchoir : Tenez, dit-il, je vous remercie; voilà le mouchoir que vous m'avez prêté.

La marquise fit justement ce qu'avait fait madame Delaunay. Elle regarda la marque aussitôt; sa main délicate avait senti un tissu trop rude pour lui appartenir. Elle se connaissait aussi en broderie, mais il y en avait si peu que rien, assez pourtant pour dénoter une femme. Elle retourna deux ou trois fois le mouchoir, l'approcha timidement de son nez, le regarda encore, puis le jeta à Valentin en lui disant : Vous vous êtes trompé, ce que vous me rendez-là appartient à quelque femme de chambre de votre mère.

Valentin, qui avait emporté par mégarde le mouchoir de madame Delaunay, le reconnut et se sentit battre le cœur. Pourquoi à une femme de chambre? répondit-il. Mais la marquise s'était remise au piano; peu lui importait une rivale qui se mouchait dans de la grosse toile. Elle reprit le *presto* de sa valse, et fit semblant de n'avoir pas entendu.

Cette indifférence piqua Valentin. Il fit un tour de chambre et prit son chapeau.

—Où allez-vous donc? demanda madame de Parnes. — Chez ma mère, rendre à sa femme de chambre le mouchoir qu'elle m'a prêté. — Vous verra-t-on demain? Nous avons un peu de musique, et vous me ferez plaisir de venir dîner. — Non; j'ai affaire toute la journée.

Il continuait à se promener, et ne se décidait pas à sortir. La marquise se leva et vint à lui : Vous êtes un singulier homme, lui dit-elle; vous voudriez me voir jalouse. — Moi? pas du tout. La jalousie est un sentiment que je déteste. — Pourquoi donc vous fâchez-vous de ce que je trouve à ce mouchoir un air d'antichambre? Est-ce ma faute ou la vôtre? — Je ne m'en fâche point, je le trouve tout simple.

En parlant ainsi, il tournait le dos. Madame de Parnes s'avança doucement, se saisit du mouchoir de madame Delaunay, et s'approchant d'une fenêtre ouverte, le jeta dans la rue.

— Que faites-vous! s'écria Valentin, et il s'élança pour la retenir; mais il était trop tard. — Je veux savoir, dit en riant la marquise, jusqu'à quel point vous y tenez, et je suis curieuse de voir si vous descendrez le chercher.

Valentin hésita un instant, et rougit de dépit. Il eût voulu punir la marquise par quelque réponse piquante, mais, comme il arrive souvent, la colère lui ôtait l'esprit. Madame de Parnes se mit à rire de plus belle. Il enfonça son chapeau sur sa tête, et sortit en disant : Je vais le chercher.

Il chercha en effet long-temps; mais un mouchoir perdu est bientôt ramassé, et ce fut vainement qu'il revint dix fois d'une borne à une autre. La marquise à sa fenêtre riait toujours en le regardant faire. Fatigué enfin, et un peu honteux, il s'éloigna sans lever la tête, feignant de ne pas s'apercevoir qu'on l'eût observé. Au coin de la rue pourtant, il se retourna, et vit madame de Parnes qui ne riait plus, et qui le suivait des yeux.

Il continua sa route sans savoir où il allait, et prit machinalement le chemin de la rue du Plat-d'Etain. La soirée était belle et le ciel pur. La veuve était aussi à sa fenêtre; elle avait passé une triste journée.

— J'ai besoin d'être rassurée, lui dit-elle dès qu'il fut entré. A qui appartient un mouchoir que vous avez laissé chez moi?

Il y a des gens qui savent tromper et qui ne savent pas mentir. A cette question, Valentin se troubla trop évidemment pour qu'il fût possible de s'y méprendre, et sans attendre qu'il répondît : Écoutez-moi, dit madame Delaunay. Vous savez maintenant que je vous aime. Vous connaissez beaucoup de monde, et je ne vois personne; il m'est aussi impossible de savoir ce que vous faites qu'il vous serait facile d'y voir clair dans mes moindres actions, s'il vous en prenait fantaisie. Vous pouvez me tromper aisément et impunément, puisque je ne peux ni vous surveiller, ni cesser de vous aimer; souvenez-vous, je vous en supplie, de ce que je vais vous dire : tout se sait tôt ou tard, et croyez-moi, c'est une triste chose.

Valentin voulait l'interrompre; elle lui prit la main et continua : Je ne dis pas assez, ce n'est pas une triste chose, mais la plus triste qu'il y ait au monde; si rien n'est plus doux que le souvenir du bonheur, rien n'est plus affreux que de s'apercevoir que le bonheur passé était un mensonge. Avez-vous jamais pensé à ce que ce peut être que de haïr ceux qu'on a aimés? Concevez-vous rien de pire? Réfléchissez à cela, je vous en conjure. Ceux qui trouvent plaisir à tromper les autres en tirent ordinairement vanité; ils s'imaginent avoir par là quelque supériorité sur leurs dupes; elle est bien fugitive, et à quoi mène-t-elle? Rien n'est si aisé que le mal. Un homme de votre âge peut tromper sa maîtresse, seulement pour passer le temps; mais le temps s'écoule, en effet, la vérité vient, et que reste-t-il? Une pauvre créature abusée s'est crue aimée, heureuse, elle a fait de vous son bien unique; pensez à ce qui lui arrive s'il faut qu'elle ait horreur de vous!

La simplicité de ce langage avait ému Valentin jusqu'au fond du cœur : Je vous aime, lui dit-il, n'en doutez pas, je n'aime que vous seule. — J'ai besoin de le croire, répondit la veuve, et si vous dites vrai, nous ne reparlerons jamais de ce que j'ai souffert aujourd'hui. Permettez-moi pourtant d'ajouter encore un mot qu'il faut absolument que je vous dise. J'ai vu mon père, à l'âge de soixante ans, apprendre tout à coup qu'un ami d'enfance l'avait trompé dans une affaire de commerce. Une lettre avait été trouvée, dans laquelle cet ami racontait lui-même sa perfidie, et se vantait de la triste habileté qui lui avait rapporté quelques billets de banque à notre détriment. J'ai vu mon père abîmé de douleur et stupéfait, la tête baissée, lire cette lettre; il en était aussi honteux que s'il eût été lui-même le coupable; il essuya une larme sur sa joue, jeta la lettre au feu, et s'écria : Que la vanité et l'intérêt sont peu de chose! Mais qu'il est affreux de perdre un ami! Si vous eussiez été là, Valentin, vous auriez fait serment de ne jamais tromper personne.

Madame Delaunay, en prononçant ces mots, laissa échapper quelques larmes; Valentin était assis près d'elle; pour toute réponse, il l'attira à lui; elle posa sa tête sur son épaule, et tirant de la poche de son tablier le mouchoir de la marquise : Il est bien beau, dit-elle; la broderie en est fine; vous me le laisserez, n'est-ce pas? La femme à qui il appartient ne s'apercevra pas qu'elle l'a perdu. Quand on a un mouchoir pareil, on en a bien d'autres. Je n'en ai, moi, qu'une douzaine, et ils ne sont pas merveilleux. Vous me rendrez le mien que vous avez emporté, et qui ne vous ferait pas honneur; mais je garderai celui-ci. — A quoi bon? répondit Valentin. Vous ne vous en servirez pas. — Si, mon ami; il faut que je me console de l'avoir trouvé sur ce fauteuil, et il faut qu'il essuie mes larmes jusqu'à ce qu'elles aient cessé de couler. — Que ce baiser les essuie! s'écria le jeune homme, et prenant le mouchoir de madame de Parnes, il le jeta par la fenêtre.

VIII

Six semaines s'étaient écoulées, et il faut qu'il soit bien difficile à l'homme de se connaître lui-même, puisque Valentin ne savait pas encore laquelle de ses deux maîtresses il aimait le mieux. Malgré ses moments de sincérité et les élans du cœur qui l'emportaient près de madame Delaunay, il ne pouvait se résoudre à désapprendre le chemin de l'hôtel de la Chaussée-d'Antin. Malgré la beauté de madame de Parnes, son esprit, sa grâce et tous les plaisirs qu'il trouvait chez elle, il ne pouvait renoncer à la chambrette de la rue du Plat-d'Etain. Le petit jardin de Valentin voyait tour à tour la veuve et la marquise se promener au bras du jeune homme, et le murmure de la cascade couvrait de son bruit monotone des serments toujours répétés, toujours trahis avec la même ardeur. Faut-il donc croire que l'inconstance ait ses plaisirs comme l'amour fidèle? On entendait quelquefois rouler encore la voiture sans livrée qui emmenait incognito madame de Parnes, quand madame Delaunay paraissait voilée au bout de la rue, s'acheminant d'un pas craintif. Caché derrière sa jalousie, Valentin souriait de ces rencontres, et s'abandonnait sans remords aux dangereux attraits du changement.

C'est une chose presque infaillible, que ceux qui se familiarisent avec un péril quelconque finissent par l'aimer. Toujours exposé à voir sa double intrigue découverte par un hasard, obligé au rôle difficile d'un homme qui doit mentir sans cesse sans jamais se trahir, notre étourdi se sentit fier de cette position étrange; après y avoir accoutumé son cœur, il y habitua sa vanité. Les craintes qui le troublaient d'abord, les scrupules qui l'arrêtaient, lui devinrent cher; il donna deux bagues pareilles à ses deux amies; il avait obtenu de madame Delaunay qu'elle portât une légère chaîne d'or qu'il avait choisie, au lieu de son collier de chrysocale. Il lui parut plaisant de faire mettre ce collier à la marquise; il réussit à l'en affubler un jour qu'elle allait au bal, et c'est, à coup sûr, la plus grande preuve d'amour qu'elle lui ait donnée.

Madame Delaunay, trompée par l'amour, ne pouvait croire à l'inconstance de Valentin. Il y avait de certains jours où la vérité lui apparaissait tout à coup claire et irrécusable. Elle éclatait alors en reproches, elle fondait en larmes, elle voulait mourir; un mot de son amant l'abusait de nouveau, un serrement de main la consolait, elle rentrait chez elle heureuse et tranquille. Madame de Parnes, trompée par l'orgueil, ne cherchait à rien découvrir et n'essayait de rien savoir. Elle se disait : C'est quelque ancienne maîtresse qu'il n'a pas le courage de quitter. Et elle ne daignait pas s'abaisser à demander un sacrifice. L'amour lui semblait un passe-temps, la jalousie un ridicule; elle croyait d'ailleurs sa beauté un talisman auquel rien ne pouvait résister.

Si vous vous souvenez, Madame, du caractère de notre héros, tel que j'ai tâché de vous le peindre à la première page de ce conte, vous comprendrez et vous excuserez peut-être sa conduite, malgré ce qu'elle a de justement blâmable. Le double amour qu'il ressentait, ou croyait ressentir, était, pour ainsi dire, l'image de sa vie entière. Ayant toujours cherché les extrêmes, goûtant les jouissances du pauvre et celles du riche en même temps, il trouvait, près de ces deux femmes, le contraste qui lui plaisait, et il était réellement riche et pauvre dans la même journée. Si, de sept à huit heures, au soleil couchant, deux beaux chevaux gris entraient au petit trop dans l'avenue des Champs-Elysées, traînant doucement derrière eux un coupé tendu de soie comme un boudoir, vous eussiez pu voir au fond de la voiture une fraîche et coquette figure cachée sous une grande capote, et souriant à un jeune homme nonchalamment étendu près d'elle; c'étaient Valentin et madame de Parnes qui prenaient l'air après dîner. Si le matin, au lever du soleil, le hasard vous avait menée près du joli bois de Romainville, vous eussiez pu y rencontrer sous le vert bosquet d'une guinguette deux amoureux se parlant à voix basse, ou lisant ensemble La Fontaine; c'étaient Valentin et madame Delaunay qui venaient de marcher dans la rosée. Etiez-vous ce soir d'un grand bal à l'ambassade d'Autriche? Avez-vous vu au milieu d'un cercle brillant de jeunes femmes une beauté plus fière, plus courtisée, plus dédaigneuse que toutes les autres? Cette tête charmante, coiffée d'un turban doré, qui se balance avec grâce comme une rose bercée par le zéphir, c'est la jeune marquise que la foule admire, que le triomphe embellit, et qui pourtant semble rêver. Non loin de là, appuyé contre une colonne, Valentin la regarde; personne ne connaît leur secret, personne n'interprète ce coup-d'œil, et ne devine la joie de l'amant; l'éclat des lustres, le bruit de la musique, les murmures de la foule, le parfum des fleurs, tout le pénètre, le transporte, et l'image radieuse de sa belle maîtresse enivre ses yeux éblouis. Il doute presque lui-même de son bonheur, et qu'un si rare trésor lui appartienne; il entend les hommes dire autour de lui : Quel éclat! quel sourire! quelle femme! et il se répète tout bas ces paroles; l'heure du souper arrive; un jeune officier rougit de plaisir en présentant sa main à la marquise; on l'entoure, on la suit, chacun veut s'en approcher et brigue la faveur d'un mot tombé de ses lèvres; c'est alors qu'elle passe près de Valentin, et lui dit à l'oreille : A demain. Que de jouissance dans un mot pareil! Demain cependant, à la nuit tombante, le jeune homme monte à tâtons un escalier sans lumière; il arrive à grand' peine au troisième étage, et frappe doucement à une petite porte; elle s'est ouverte, il entre; madame Delaunay, devant sa table, travaillait seule en l'attendant; il s'asseoit près d'elle; elle le regarde, lui prend la main et lui dit qu'elle le remercie de l'aimer encore. Une seule lampe éclaire faiblement la modeste chambrette; mais sous cette lampe est un visage ami, tranquille et bienveillant; il n'y a plus là ni témoins empressés, ni admiration, ni triomphe; mais Valentin fait plus que de ne pas regretter le monde, il l'oublie; la vieille mère arrive, s'asseoit dans sa bergère, et il faut écouter jusqu'à dix heures les histoires du temps passé, caresser le petit chien qui gronde, rallumer la lampe qui s'éteint; quelquefois c'est un roman nouveau qu'il faut avoir le courage de lire; Valentin laisse tomber le livre pour effleurer en le ramassant le petit pied de sa maîtresse; quelquefois c'est un piquet à deux sous la fiche qu'il faut faire avec la bonne dame, et avoir soin de n'avoir pas trop beau jeu; en sortant de là, le jeune homme revient à pied; il a soupé hier avec du vin de Champagne, en fredonnant une contredanse; il soupe ce soir avec une tasse de lait, en faisant quelques vers pour son amie. Pendant ce temps-là, la marquise est furieuse qu'on lui ait manqué de parole; un grand laquais poudré apporte un billet plein de tendres reproches et sentant le musc; le billet est décacheté, la fenêtre ouverte, le temps est beau, madame de Parnes va venir; voilà notre étourdi grand seigneur; ainsi, toujours différent de lui-même, il trouvait moyen d'être vrai en n'étant jamais sincère, et l'amant de la marquise n'était pas celui de la veuve.

—Et pourquoi choisir? me disait-il un jour qu'en nous promenant il essayait de se justifier. Pourquoi cette nécessité d'aimer d'une manière exclusive? Blâmerait-on un homme de mon âge d'être amoureux de madame de Parnes? N'est-elle pas admirée, enviée? Ne vante-t-on pas son esprit et ses charmes? La raison même se passionne pour elle. D'une autre part, quel reproche ferait-on à celui que la bonté, la tendresse, la candeur de madame Delaunay aurait touché? N'est-elle pas digne de faire la joie et le bonheur d'un homme? Moins belle, ne serait-elle pas une amie précieuse, et telle qu'elle est, y a-t-il au monde une plus charmante maîtresse! En quoi donc suis-je coupable d'aimer ces deux femmes, si chacune d'elle mérite qu'on l'aime? Et s'il est vrai que je sois assez heureux pour compter pour quelque chose dans leur vie, pourquoi ne pourrais-je rendre l'une heureuse qu'en faisant le malheur de l'autre? Pourquoi le doux sourire que ma présence fait éclore quelquefois sur les lèvres de ma belle veuve devrait-il être acheté au prix d'une larme versée par la marquise? Est-ce leur faute si le hasard m'a jeté sur leur route, si je les ai approchées, si elles m'ont permis de les aimer? Laquelle choisirais-je sans être injuste? En quoi celle-là aurait-elle mérité plus que celle-ci d'être préférée ou abandonnée? Quand madame Delaunay me dit que son existence entière m'appartient, que voulez-vous donc que je réponde? Faut-il la repousser, la désabuser, et lui laisser le découragement et le chagrin? Quand madame de Parnes est au piano, et qu'assis derrière elle, je la vois se livrer à la noble inspiration de son cœur; quand son esprit élève le mien, m'exalte et me fait mieux goûter par la sympathie les plus exquises jouissances de l'intelligence, faut-il que je lui dise qu'elle se trompe et qu'un si doux plaisir est coupable? faut-il que je change en haine ou en mépris le souvenir de ces heures délicieuses? Non, mon ami, je mentirais en disant à l'une des deux que je l'aime plus ou que je ne l'ai point aimée; j'aurais plutôt le courage de les perdre ensemble, que celui de choisir entre elles.

Vous voyez, Madame, que notre étourdi faisait comme font tous les hommes; ne pouvant se corriger de sa folie, il tentait de lui donner l'apparence de la raison. Cependant il y avait de certains jours où son cœur se refusait, malgré lui, au double rôle qu'il soutenait. Il tâchait de troubler le moins possible le repos de madame Delaunay; mais la fierté de la marquise eut plus d'un caprice à supporter. Cette femme n'a que de l'esprit et de l'orgueil, me disait-il d'elle quelquefois. Il arrivait aussi qu'en quittant le salon de madame de Parnes, la naïveté de la veuve le faisait sourire, et qu'il trouvait qu'à son tour elle avait trop peu d'orgueil et d'esprit. Il se plaignait de manquer de liberté. Tantôt une boutade lui faisait renoncer à un rendez-vous; il prenait un livre et s'en allait dîner seul à la campagne. Tantôt il maudissait le hasard qui s'opposait à une entrevue qu'il demandait. Madame Delaunay était, au fond du cœur, celle qu'il préférait; mais il n'en savait rien lui-même, et cette singulière incertitude aurait peut-être duré long-temps, si une circonstance, légère en apparence, ne l'eût éclairé tout à coup sur ses véritables sentiments.

On était au mois de juin, et les soirées au jardin étaient délicieuses. La marquise, en s'asseyant sur un banc de bois près de la cascade, s'avisa un jour de le trouver dur.

— Je vous ferai cadeau d'un coussin, dit-elle à Valentin.

Le lendemain matin, en effet, arriva une causeuse élégante, accompagnée d'un beau coussin en tapisserie, de la part de madame de Parnes.

Vous vous souvenez peut-être que madame Delaunay faisait de la tapisserie. Depuis un mois, Valentin l'avait vue travailler constamment à un ouvrage de ce genre dont il avait admiré le dessin; non que ce dessin eût rien de remarquable : c'était, je crois, une couronne de fleurs, comme toutes les tapisseries du monde; mais les couleurs en étaient charmantes. Que peut faire, d'ailleurs, une main aimée que nous ne le trouvions un chef-d'œuvre? Cent fois, le soir, près de la lampe, le jeune homme avait suivi des yeux, sur le canevas, les doigts habiles de la veuve; cent fois, au milieu d'un entretien animé, il s'était arrêté, observant un religieux silence, tandis qu'elle comptait ses points; cent fois il avait interrompu cette main fatiguée et lui avait rendu le courage par un baiser.

Quand Valentin eut fait porter la causeuse de la marquise dans une petite salle attenante au jardin, il y descendit et examina son cadeau. En regardant de près le coussin, il crut le reconnaître; il le prit, le retourna, le remit à sa place, et se demanda où il l'avait vu. Fou que je suis, se dit-il; tous les coussins se ressemblent, et celui-là n'a rien d'extraordinaire. Mais une petite tache faite sur le fond blanc attira tout à coup ses yeux; il n'y avait pas à se tromper. Valentin avait fait lui-même cette tache, en laissant tomber une goutte d'encre sur l'ouvrage de madame Delaunay, un soir qu'il écrivait près d'elle.

Cette découverte le jeta, comme vous pensez, dans un grand étonnement. Comment est-ce possible? se demanda-t-il; comment la marquise peut-elle m'envoyer un coussin fait par madame Delaunay? Il regarda encore, plus de doute : ce sont les mêmes fleurs, les mêmes couleurs. Il en reconnaît l'éclat, l'arrangement; il les touche comme pour s'assurer qu'il n'est pas trompé par une illusion, puis il reste interdit, ne sachant comment s'expliquer ce qu'il voit.

Je n'ai que faire de dire que mille conjectures, moins vraisemblables les unes que les autres, se présentèrent à son esprit. Tantôt il supposait que le hasard avait pu faire se rencontrer la veuve et la marquise, qu'elles s'étaient entendues ensemble, et qu'elles lui envoyaient ce coussin d'un commun accord, pour lui apprendre que sa perfidie était démasquée; tantôt il se disait que madame Delaunay avait surpris sa conversation de la veille dans le jardin, et qu'elle avait voulu, pour lui faire honte, remplir la promesse de madame de Parnes. De toute façon, il se voyait découvert, abandonné de ses deux maîtresses, ou tout au moins de l'une des deux. Après avoir passé une heure à rêver, il résolut de sortir d'incertitude. Il alla chez madame Delaunay qui le reçut comme à l'ordinaire, et dont le visage n'exprima qu'un peu d'étonnement de le voir arriver si matin.

Rassuré d'abord par cet accueil, il parla quelque temps de choses indifférentes, puis, dominé par l'inquiétude, il demanda à la veuve si sa tapisserie était terminée. — Oui, répondit-elle. — Et où est-elle donc? demanda-t-il. A cette question, madame Delau-

Le lendemain matin, en effet, arriva une causeuse élégante, accompagnée d'un beau coussin en tapisserie, de la part de madame de Parnes.

Vous vous souvenez peut-être que madame Delaunay faisait de la tapisserie. Depuis un mois, Valentin l'avait vue travailler constamment à un ouvrage de ce genre dont il avait admiré le dessin ; non que ce dessin eût rien de remarquable : c'était, je crois, une couronne de fleurs, comme toutes les tapisseries du monde ; mais les couleurs en étaient charmantes. Que peut faire, d'ailleurs, une main aimée que nous ne le trouvions un chef-d'œuvre ? Cent fois, le soir, près de la lampe, le jeune homme avait suivi des yeux, sur le canevas, les doigts habiles de la veuve ; cent fois, au milieu d'un entretien animé, il s'était arrêté, observant un religieux silence, tandis qu'elle comptait ses points ; cent fois il avait interrompu cette main fatiguée et lui avait rendu le courage par un baiser.

Quand Valentin eut fait porter la causeuse de la marquise dans une petite salle attenante au jardin, il y descendit et examina son cadeau. En regardant de près le coussin, il crut le reconnaître ; il le prit, le retourna, le remit à sa place, et se demanda où il l'avait vu. Fou que je suis, se dit-il ; tous les coussins se ressemblent, et celui-là n'a rien d'extraordinaire. Mais une petite tache faite sur le fond blanc attira tout à coup ses yeux ; il n'y avait pas à se tromper. Valentin avait fait lui-même cette tache, en laissant tomber une goutte d'encre sur l'ouvrage de madame Delaunay, un soir qu'il écrivait près d'elle.

pas vendu à une dame un coussin en tapisserie qu'il désigna et qu'on reconnut. Aux questions qu'il fit ensuite pour savoir qui avait fait ce coussin et d'où il venait, on ne répondit qu'avec restriction; on ne connaissait pas l'ouvrière; il y avait dans le magasin beaucoup d'objets de ce genre; enfin, on ne voulait rien dire.

Malgré les réticences, Valentin eut bientôt saisi dans les réponses du garçon qu'il interrogeait, un mystère qu'il ne soupçonnait pas, et que bien d'autres que lui ignorent : c'est qu'il y a à Paris un grand nombre de femmes, de demoiselles pauvres, qui, tout en ayant dans le monde un rang convenable et quelquefois distingué, travaillent en secret pour vivre. Les marchands emploient ainsi, et à bon marché, des ouvrières habiles; mainte famille, vivant sobrement, chez qui pourtant on va prendre le thé, se soutient par les filles de la maison; on les voit sans cesse tenant l'aiguille, mais elles ne sont pas assez riches pour porter ce qu'elles font; quand elles ont brodé du tulle, elles le vendent pour acheter de la percale; celle-là, fille de nobles aïeux, fière de son titre et de sa naissance, marque des mouchoirs; celle-ci, que vous admirez au bal si enjouée, si coquette et si légère, fait des fleurs artificielles et paie de son travail le pain de sa mère; telle autre, un peu plus riche, cherche à gagner de quoi ajouter à sa toilette; ces chapeaux tout faits, ces sachets brodés qu'on voit aux étalages des boutiques, et que le passant marchande par désœuvrement, sont l'œuvre secrète, quelquefois pieuse, d'une main inconnue; peu d'hommes consentiraient à ce métier, ils resteraient pauvres par orgueil en pareil cas; peu de femmes s'y refusent, quand elles en ont besoin, et de celles qui le font, aucune n'en rougit. Il arrive qu'une jeune femme rencontre une amie d'enfance qui n'est pas riche et qui a besoin de quelque argent; faute de pouvoir lui en prêter elle-même, elle lui dit sa ressource, l'encourage, lui cite des exemples, la mène chez le marchand, lui fait une petite clientelle; trois mois après, l'amie est à son aise et rend à une autre le même service; ces sortes de choses se passent tous les jours, personne n'en sait rien, et c'est pour le mieux; car les bavards qui rougissent du travail trouveraient bientôt moyen de déshonorer ce qu'il y au monde de plus honorable.

— Combien de temps, demanda Valentin, faut-il à peu près pour faire un coussin comme celui dont je vous parle, et combien gagne l'ouvrière? — Monsieur, répondit le garçon, pour faire un coussin comme celui-là, il faut deux mois, six semaines environ. L'ouvrière paie sa laine, bien entendu, par conséquent c'est autant de moins pour elle. La laine anglaise, belle, coûte 10 francs la livre; le ponceau, le cerise, coûtent 15 francs. Pour ce coussin, il faut une livre et demie de laine, au plus, et il sera payé 40 ou 50 francs à l'habile ouvrière.

IX

Quand Valentin, de retour au logis, se retrouva en face de sa causeuse, le secret qu'il venait d'apprendre produisit sur lui un effet inattendu. En pensant que madame Delaunay avait mis six semaines à faire ce coussin pour gagner deux louis, et que madame de Parnes l'avait acheté en se promenant, il éprouva un serrement de cœur étrange. La différence que la destinée avait mise entre ces deux femmes se montrait à lui, en ce moment, sous une forme si palpable, qu'il ne put s'empêcher d'en souffrir. L'idée que la marquise allait arriver, s'appuyer sur ce meuble, et traîner son bras nu sur la trace des larmes de la veuve, fut insupportable au jeune homme. Il prit le coussin et le mit dans une armoire : Qu'elle en pense ce qu'elle voudra, se dit-il ; ce coussin me fait pitié, et je ne puis le laisser là.

Madame de Parnes arriva bientôt après, et s'étonna de ne pas voir son cadeau. Au lieu de chercher une excuse, Valentin répondit qu'il n'en voulait pas, et qu'il ne s'en servirait jamais. Il prononça ces mots d'un ton brusque et sans réfléchir à ce qu'il faisait : Et pourquoi? demanda la marquise.—Parce qu'il me déplaît. — En quoi vous déplaît-il? Vous m'avez dit le contraire ce matin même. — C'est possible ; il me déplaît maintenant. Combien est-ce qu'il vous a coûté? — Voilà une belle question? dit madame de Parnes; qu'est-ce qui vous passe par la tête?

Il faut savoir que depuis quelques jours Valentin avait appris de la mère de madame Delaunay qu'elle se trouvait fort gênée. Il s'agissait d'un terme de loyer à payer à un propriétaire avare qui menaçait au moindre retard. Valentin, ne pouvant faire, même pour une bagatelle, des offres de service qu'on n'eût pas voulu entendre, n'avait eu d'autre parti à prendre que de cacher son inquiétude. D'après ce qu'avait dit le garçon du *Père de Famille,* il était probable que le coussin n'avait pas suffi pour tirer la veuve d'embarras. Ce n'était pas la faute de la marquise; mais l'esprit humain est quelquefois si bizarre, que le jeune homme en voulait presque à madame de Parnes du prix modique de son achat, et sans s'apercevoir du peu de convenance de sa question : Cela vous a coûté 40 ou 50 francs, dit-il avec amertume. Savez-vous combien de temps on a mis à le faire? — Je le sais d'autant mieux, répondit la marquise, que je l'ai fait moi-même. — Vous? — Moi, et pour vous; j'y ai passé quinze jours : voyez si vous me devez quelque reconnaissance. — Quinze jours, Madame? mais il faut deux mois, et deux mois de travail assidu, pour terminer un pareil ouvrage. Vous mettriez six mois à en venir à bout, si vous l'entrepreniez. — Vous me paraissez bien au courant; d'où vous vient tant d'expérience? — D'une ouvrière que je connais, et qui, certes, ne s'y trompe pas. — Eh bien! cette ouvrière ne vous a pas tout dit; vous ne savez pas que pour ces choses-là le plus important, ce sont les fleurs, et qu'on trouve chez les marchands des canevas préparés où le fond est rempli; le plus difficile reste à faire, mais le plus long et le plus ennuyeux est fait; c'est ainsi que j'ai acheté ce coussin qui ne m'a même pas coûté quarante ou cinquante francs, car ce fond ne signifie rien; c'est un ouvrage de manœuvre pour lequel il ne faut que de la laine et des mains.

Le mot de *manœuvre* n'avait pas plu à Valentin. — J'en suis bien fâché, répliqua-t-il, mais ni le fond ni les fleurs ne sont de vous.—Et de qui donc? apparemment de l'ouvrière que vous connaissez?—Peut-être.

La marquise sembla hésiter un instant entre la colère et l'envie de rire. Elle prit le dernier parti, et se livrant à sa gaieté : Dites-moi donc, s'écria-t-elle, dites-moi donc, je vous prie, le nom de votre mystérieuse ouvrière, qui vous donne de si bons renseignements. — Elle s'appelle Julie, répondit le jeune homme. Son regard, le son de sa voix, rappelèrent tout à coup à madame de Parnes qu'il lui avait dit le même nom le jour où il lui avait parlé d'une veuve qu'il aimait; comme alors, l'air de vérité avec lequel il avait répondu, troubla la marquise. Elle se souvint vaguement de l'histoire de cette veuve, qu'elle avait prise pour un prétexte; mais, répété ainsi, ce nom lui parut sérieux.

—Si c'est une confidence que vous me faites, dit-elle, elle n'est ni adroite ni polie.

Valentin ne répondit pas. Il sentait que son premier mouvement l'avait entraîné trop loin, et il commençait à réfléchir. La marquise, de son côté, garda le silence quelque temps. Elle attendait une explication, et Valentin songeait au moyen d'éviter d'en donner une. Il allait enfin se décider à parler, et essayer peut-être de se rétracter, quand la marquise, perdant patience, se leva brusquement.

— Est-ce une querelle ou une rupture? demanda-t-elle d'un ton si violent, que Valentin ne put conserver son sang-froid. — Comme vous voudrez, répondit-il. — Très bien, dit la marquise, et elle sortit. Mais cinq minutes après, on sonna à la porte; Valentin ouvrit, et vit madame de Parnes debout sur le palier, les bras croisés, enveloppée dans sa mantille et appuyée contre le mur; elle était d'une pâleur effrayante, et prête à se trouver mal. Il la prit dans ses bras, la porta sur la causeuse, et s'efforça de l'apaiser. Il lui demanda pardon de sa mauvaise humeur, la supplia d'oublier cette scène fâcheuse, et s'accusa d'un de ces accès d'impatience dont il est impossible de dire la raison.

— Je ne sais ce que j'avais ce matin, lui dit-il; une fâcheuse nouvelle que j'ai reçue m'avait irrité; je vous ai cherché querelle sans motif; ne pensez jamais à ce que je vous ai dit que comme à un moment de folie de ma part. — N'en parlons plus, dit la marquise revenue à elle, et allez me chercher mon coussin. Valentin obéit avec répugnance; madame de Parnes jeta le coussin à terre et posa ses pieds dessus. Ce geste, comme vous pensez, ne fut pas agréable au jeune homme; il fronça le sourcil malgré lui, et se dit qu'après tout il venait de céder par faiblesse à une comédie de femme.

Je ne sais s'il avait raison, et je ne sais, non plus, par quelle obstination puérile la marquise avait voulu, à toute force, obtenir ce petit triomphe. Il n'est pas sans exemple qu'une femme, et même une femme d'esprit, ne veuille pas se soumettre en pareil cas; mais il peut arriver que ce soit de sa part un mauvais calcul, et que l'homme, après avoir obéi, se repente de sa complaisance; c'est ainsi qu'un enfantillage devient grave quand l'orgueil s'en mêle, et qu'on s'est brouillé quelquefois pour moins encore qu'un coussin brodé.

Tandis que madame de Parnes, reprenant son air gracieux, ne dissimulait pas sa joie, Valentin ne pouvait détacher ses regards du coussin, qui, à dire vrai, n'était pas fait pour servir de tabouret. Contre sa coutume, la marquise était venue à pied, et la tapisserie de la veuve, repoussée bientôt au milieu de la chambre, portait l'empreinte poudreuse du brodequin qui l'avait foulé. Valentin ramassa le coussin, l'essuya et le posa sur un fauteuil.

— Allons-nous encore nous quereller? dit en souriant la marquise. Je croyais que vous me laissiez faire et que la paix était conclue. — Ce coussin est blanc; pourquoi le salir? — Pour s'en servir, et quand il sera sale, mademoiselle Julie nous en fera d'autres. — Ecoutez-moi, madame la marquise, dit Valentin. Vous comprenez très bien que je ne suis pas assez sot pour attacher de l'importance à un caprice ni à une bagatelle de cette sorte. S'il est vrai que le déplaisir que je ressens de ce que vous faites puisse avoir quelque motif que vous ignorez, ne cherchez pas à l'approfondir, ce sera le plus sage. Vous vous êtes trouvée mal tout à l'heure, je ne vous demande pas si cet évanouissement était bien profond; vous avez obtenu ce que vous désiriez, n'en essayez pas davantage. — Mais vous comprenez peut-être, répondit madame de Parnes, que je ne suis pas assez sotte non plus pour attacher à cette bagatelle plus d'importance que vous, et s'il m'arrivait d'insister, vous comprendriez encore que je voudrais savoir jusqu'à quel point c'est une bagatelle. — Soit, mais je vous demanderai, pour vous répondre, si c'est l'orgueil ou l'amour qui vous pousse. — C'est l'un et l'autre. Vous ne savez pas qui je suis; la légèreté de ma conduite avec vous vous a donné de moi une opinion que je vous laisse, parce que vous ne la feriez partager à personne; pensez sur mon compte comme il vous plaira, et soyez infidèle si bon vous semble; mais gardez-vous de m'offenser. — C'est peut-être l'orgueil qui parle en ce moment, Madame; mais convenez donc que ce n'est pas l'amour. — Je n'en sais rien; si je ne suis pas jalouse, il est certain que c'est par dédain; comme je ne reconnais qu'à M. de Parnes le droit de surveillance sur moi, je ne prétends non plus surveiller personne. Mais comment osez-vous me répéter deux fois un nom que vous devriez taire? — Pourquoi le tairais-je quand vous m'interrogez? Ce nom ne peut faire rougir ni la personne à qui il appartient ni celle qui le prononce. — Eh bien! achevez donc de le prononcer.

Valentin hésita un moment.

— Non, répondit-il, je ne le prononcerai pas, par

respect pour celle qui le porte. La marquise se leva à cette parole, serra sa mantille autour de sa taille, et dit d'un ton glacé : Je pense qu'on doit être venu me chercher, reconduisez-moi jusqu'à ma voiture.

X

La marquise de Parnes était plus qu'orgueilleuse, elle était hautaine. Habituée dès l'enfance à voir tous ses caprices satisfaits, négligée par son mari, gâtée par sa tante, flattée par le monde qui l'entourait, le seul conseiller qui la dirigeât, au milieu d'une liberté si dangereuse, était cette fierté native qui triomphait même des passions. Elle pleura amèrement en rentrant chez elle; puis elle fit défendre sa porte, et réfléchit à ce qu'elle avait à faire, résolue à n'en pas souffrir davantage.

Quand Valentin, le lendemain, alla voir madame Delaunay, il crut s'apercevoir qu'il était suivi. Il l'était en effet, et la marquise eut bientôt appris la demeure de la veuve, son nom, et les visites fréquentes que le jeune homme lui rendait. Elle ne voulut pas s'en tenir là, et quelque invraisemblable que puisse paraître le moyen dont elle se servit, il n'est pas moins vrai qu'elle l'employa, et qu'il lui réussit.

A sept heures du matin, elle sonna sa femme de chambre; elle se fit apporter par cette fille une robe de toile, un tablier, un mouchoir de coton, et un ample bonnet sous lequel elle cacha, autant que possible, son visage. Ainsi travestie, un panier sous le bras, elle se rendit au marché des Innocents. C'était l'heure où madame Delaunay avait coutume d'y aller, et la marquise ne chercha pas longtemps; elle savait que la veuve lui ressemblait, et elle aperçut bientôt devant l'étalage d'une fruitière une jeune femme à peu près de sa taille, aux yeux noirs et à la démarche modeste, marchandant des cerises. Elle s'approcha: N'est-ce pas à madame Delaunay, demanda-t-elle, que j'ai l'honneur de parler? — Oui, Mademoiselle; que me voulez-vous?

La marquise ne répondit pas; sa fantaisie était satisfaite, et peu lui importait qu'on s'en étonnât. Elle jeta sur sa rivale un regard rapide et curieux, la toisa des pieds à la tête, puis se retourna et disparut.

Valentin ne venait plus chez madame de Parnes; il reçut d'elle une invitation de bal imprimée, et crut devoir s'y rendre par convenance. Quand il entra dans l'hôtel, il fut surpris de ne voir qu'une fenêtre éclairée; la marquise était seule et l'attendait: Pardonnez-moi, lui dit-elle, la petite ruse que j'ai employée pour vous faire venir; j'ai pensé que vous ne répondriez peut-être pas si je vous écrivais pour vous demander un quart d'heure d'entretien, et j'ai besoin de vous dire un mot, en vous suppliant d'y répondre sincèrement.

Valentin, qui de son naturel n'était pas gardeur de rancune, et chez qui le ressentiment passait aussi vite qu'il venait, voulut mettre la conversation sur un ton enjoué, et commença à plaisanter la marquise sur son bal supposé. Elle lui coupa la parole en lui disant : J'ai vu madame Delaunay. Ne vous effrayez pas, ajouta-t-elle, voyant Valentin changer de visage; je l'ai vue sans qu'elle sût qui j'étais, et de manière à ce qu'elle ne puisse me reconnaître. Elle est jolie, et il est vrai qu'elle me ressemble un peu; parlez-moi franchement. L'aimiez-vous déjà quand vous m'avez envoyé une lettre qui était écrite pour elle ?

Valentin hésitait.

— Parlez, parlez sans crainte, dit la marquise. C'est le seul moyen de me prouver que vous avez quelque estime pour moi.

Elle avait prononcé ces mots avec tant de tristesse, que Valentin en fut ému. Il s'assit près d'elle, et lui conta fidèlement tout ce qui s'était passé dans son cœur. Je l'aimais déjà, lui dit-il enfin, et je l'aime encore ; c'est la vérité. — Rien n'est plus possible entre nous, répondit la marquise en se levant. Elle s'approcha d'une glace, se renvoya à elle-même un regard coquet : J'ai fait pour vous, continua-t-elle, la seule action de ma vie où je n'aie réfléchi à rien. Je ne m'en repens pas, mais je voudrais n'être pas seule à m'en souvenir quelquefois.

Elle ôta de son doigt une bague d'or où était enchassée une aigue-marine.

— Tenez, dit-elle à Valentin, portez ceci pour l'amour de moi ; cette pierre ressemble à une larme. Quand elle présenta sa bague au jeune homme, il voulut lui baiser la main ; Prenez garde, dit-elle ; songez que j'ai vu votre maîtresse ; ne nous souvenons pas trop tôt. — Ah ! répondit-il, je l'aime encore, mais je sens que je vous aimerai toujours. — Je le crois, répliqua la marquise; et c'est peut-être pour cette raison que je pars demain pour la Hollande, où je vais rejoindre mon mari. — Je vous suivrai, s'écria Valentin; n'en doutez pas, si vous quittez la France, je partirai en même temps que vous. — Gardez-vous-en bien, ce serait me perdre, et vous tenteriez en vain de me revoir. — Peu m'importe, quand je devrais vous suivre à dix lieues de distance, je vous prouverai du moins ainsi la sincérité de mon amour, et vous y croirez malgré vous. — Mais je vous dis que j'y crois, répondit madame de Parnes avec un sourire malin; adieu donc, ne faites pas cette folie.

Elle tendit la main à Valentin, et entr'ouvrit, pour se retirer, la porte de sa chambre à coucher. — Ne faites pas cette folie, ajouta-t-elle d'un ton léger, ou si vous la faisiez par hasard, vous m'écririez un mot à Bruxelles, parce que de là on peut changer de route,

La porte se ferma sur ces paroles, et Valentin, resté seul, sortit de l'hôtel dans le plus grand trouble.

Il ne put dormir de la nuit, et le lendemain, au point du jour, il n'avait encore pris aucun parti sur la conduite qu'il tiendrait. Un billet assez triste de madame Delaunay, reçu à son réveil, l'avait ébranlé sans le décider. A l'idée de quitter la veuve, son cœur se déchirait; mais à l'idée de suivre en poste l'audacieuse et coquette marquise, il se sentait tressaillir de désir; il regardait l'horizon, il écoutait rouler les voitures; les folles équipées du temps passé lui revenaient en tête; que vous dirai-je? Il songeait à l'Italie, au plaisir, à un peu de scandale, à Lauzun déguisé en postillon; d'un autre côté, sa mémoire inquiète lui rappelait les craintes si naïvement exprimées un soir par madame Delaunay; quel affreux souvenir n'allait-il pas lui laisser! Il se repétait ces paroles de la veuve : *Faut-il qu'un jour j'aie horreur de vous ?*

Il passa la journée entière enfermé, et après avoir épuisé tous les caprices, tous les projets fantasques de son imagination : Que veux-je donc ? se demanda-t-il. Si j'ai voulu choisir entre ces deux femmes, pourquoi cette incertitude? Et si je les aime toutes deux également, pourquoi me suis-je mis de mon propre gré dans la nécessité de perdre l'une ou l'autre? Suis-je fou? Ai-je ma raison? Suis-je perfide ou sincère? Ai-je trop peu de courage ou trop peu d'amour?

Il se mit à sa table, et prenant le dessin qu'il avait fait autrefois, il considéra attentivement ce portrait infidèle qui ressemblait à ses deux maîtresses. Tout ce qui lui était arrivé depuis deux mois se représenta à son esprit; le pavillon et la chambrette, la robe d'indienne et les blanches épaules, les grands dîners et les petits déjeuners, le piano et l'aiguille à tricoter, les deux mouchoirs, le coussin brodé, il revit tout. Chaque heure de sa vie lui donnait un conseil différent: Non, se dit-il enfin, ce n'est pas entre deux femmes que j'ai à choisir, mais entre deux routes que j'ai voulu suivre à la fois, et qui ne peuvent mener au même but; l'une est la folie et le plaisir, l'autre est l'amour; laquelle dois-je prendre? laquelle conduit au bonheur?

Je vous ai dit, en commençant ce conte, que Valentin avait une mère qu'il aimait tendrement. Elle entra dans sa chambre tandis qu'il était plongé dans ces pensées. — Mon enfant, lui dit-elle, je vous ai vu triste ce matin. Qu'avez-vous? Puis-je vous aider? Avez-vous besoin de quelque argent? Si je ne puis vous rendre service, ne puis-je du moins savoir vos chagrins et tenter de vous consoler? — Je vous remercie, répondit Valentin. Je faisais des projets de voyage, et je me demandais qui doit nous rendre heureux de l'amour ou du plaisir; j'avais oublié l'amitié. Je ne quitterai pas mon pays, et la seule femme à qui je veuille ouvrir mon cœur est celle qui peut le partager avec vous.

FIN DES DEUX MAITRESSES.

EMMELINE.

EMMELINE.

I

Vous vous souvenez sans doute, Madame, du mariage de mademoiselle Duval. Quoiqu'on n'en ait parlé qu'un jour à Paris, comme on y parle de tout, ce fut un événement dans un certain monde. Si ma mémoire est bonne, c'était en 1825. Mademoiselle Duval sortait du couvent, à dix-huit ans, avec quatre-vingt mille livres de rente. M. de Marsan, qui l'épousa, n'avait que son titre et quelques espérances d'arriver un jour à la pairie, après la mort de son oncle, espérances que la révolution de juillet a détruites. Du reste, point de fortune, et d'assez grands désordres de jeunesse. Il quitta, dit-on, le troisième étage d'une maison garnie, pour conduire mademoiselle Duval à Saint-Roch, et rentrer avec elle dans un des plus beaux hôtels du faubourg Saint-Honoré. Cette étrange alliance, faite en apparence à la légère, donna lieu à mille interprétations dont pas une ne fut vraie, parce que pas une n'était simple, et qu'on voulut trouver à toute force une cause extraordinaire à un fait inusité. Quelques détails, nécessaires pour expliquer les choses, vous donneront en même temps une idée de notre héroïne.

Après avoir été l'enfant le plus turbulent, studieux, maladif et entêté qu'il y eut au monde, Emmeline était devenue, à quinze ans, une jeune fille au teint blanc et rose, grande, élancée, et d'un caractère indépendant. Elle avait l'humeur d'une égalité incomparable et une grande insouciance, ne montrant de volonté qu'en ce qui touchait son cœur. Elle ne connaissait aucune contrainte; toujours seule dans son cabinet, elle n'avait guère, pour le travail, d'autre règle que son bon plaisir. Sa mère, qui la connaissait et savait l'aimer, avait exigé pour elle cette liberté dans laquelle il y avait quelque compensation au manque de direction; car un goût naturel de l'étude et l'ardeur de l'intelligence sont les meilleurs maîtres pour les esprits bien nés. Il entrait autant de sérieux que de gaieté dans celui d'Emmeline; mais son âge rendait cette dernière qualité plus saillante. Avec beaucoup de penchant à la réflexion, elle coupait court aux plus graves méditations par une plaisanterie, et dès-lors n'envisageait plus que le côté comique de son sujet. On l'entendait rire aux éclats toute seule, et il lui arrivait, au couvent, de réveiller sa voisine au milieu de la nuit, par sa gaieté bruyante.

Son imagination très flexible paraissait susceptible d'une teinte d'enthousiasme ; elle passait ses journées à dessiner ou à écrire ; si un air de son goût lui venait en tête, elle quittait tout aussitôt pour se mettre au piano, et se jouer cent fois l'air favori dans tous les tons ; elle était discrète et nullement confiante, n'avait point d'épanchement d'amitié, une sorte de pudeur s'opposant en elle à l'expression parlée de ses sentiments. Elle aimait à résoudre d'elle-même les petits problêmes qui, dans ce monde, s'offrent à chaque pas ; elle se donnait ainsi des plaisirs assez étranges que, certes, les gens qui l'entouraient ne soupçonnaient pas. Mais sa curiosité avait toujours pour bornes un certain respect d'elle-même ; en voici un exemple, entre autres.

Elle étudiait toute la journée dans une salle où se trouvait une grande bibliothèque vitrée, contenant trois mille volumes environ. La clé était à la serrure, mais Emmeline avait promis de ne point y toucher. Elle garda toujours scrupuleusement sa promesse, et il y avait mérite dans cette conduite, car elle avait la rage de tout apprendre. Ce qui n'était pas défendu, c'était de dévorer les livres des yeux ; aussi en savait-elle tous les titres par cœur ; elle parcourait successivement tous les rayons, et pour atteindre les plus élevés, plantait une chaise sur la table; les yeux fermés, elle eut mis la main sur le volume qu'on lui aurait demandé. Elle affectionnait les auteurs par les titres de leurs ouvrages, et de cette façon elle a eu de terribles mécomptes. Mais ce n'est pas de cela qu'il s'agit.

Dans cette salle était une petite table près d'une grande croisée qui dominait une cour assez sombre. L'exclamation d'un ami de sa mère fit apercevoir Emmeline de la tristesse de sa chambre; elle n'avait jamais ressenti l'influence des objets extérieurs sur son humeur. Les gens qui attachent de l'importance à ce qui compose le bien-être matériel étaient classés par elle dans une catégorie de maniaques. Toujours nu-tête, les cheveux en désordre, narguant le vent, le soleil, jamais plus contente que lorsqu'elle rentrait mouillée par la pluie; elle se livrait, à la campagne, à tous les exercices violents, comme si, là, eût été toute sa vie. Sept ou huit lieues à cheval, au galop, étaient un jeu pour elle; à pied, elle défiait tout le monde, elle courait, grimpait aux arbres, et si on ne marchait pas sur les parapets plutôt que sur les quais, si on ne descendait pas les escaliers sur leurs rampes, elle pensait que c'était par respect humain. Par-dessus tout elle aimait, chez sa mère, à s'échapper seule, à regarder dans la campagne et ne voir personne. Ce goût d'enfant pour la solitude, et le plaisir qu'elle prenait à sortir par des temps affreux, tenaient, disait-elle, à ce qu'elle était sûre qu'alors on ne viendrait pas *la chercher en se promenant.* Toujours entraînée par cette bizarre idée, à ses risques et périls, elle se mettait dans un bateau en pleine eau, et sortait ainsi du parc que la rivière traversait, sans se demander où elle aborderait. Comment lui laissait-on courir tant de dangers? Je ne me chargerai pas de vous l'expliquer.

Au milieu de ces folies, Emmeline était railleuse; elle avait un oncle tout rond, avec un rire bête, excellent homme. Elle lui avait persuadé que de figure et d'esprit elle était tout son portrait, et cela avec des raisons à faire rire un mort. De là, le digne oncle avait conçu pour sa nièce une tendresse sans bornes. Elle jouait avec lui comme avec un enfant, lui sautait au cou quand il arrivait, lui grimpait sur les épaules, et jusqu'à quel âge? C'est ce que je ne vous dirai pas non plus. Le plus grand amusement de la petite espiègle était de faire faire à ce personnage, assez grave du reste, des lectures à haute voix; c'était difficile, attendu qu'il trouvait que les livres n'avaient aucun sens, et cela s'expliquait par sa façon de ponctuer; il respirait au milieu des phrases, n'ayant pour guide que la mesure de son souffle. Vous jugez quel galimatias, et l'enfant de rire à se pâmer. Je suis obligé d'ajouter qu'au théâtre, elle en faisait autant pendant les tragédies, mais qu'elle trouvait quelquefois moyen d'être émue aux comédies les plus gaies.

Pardonnez, Madame, ces détails puérils, qui, après tout, ne peignent qu'un enfant gâté. Il faut que vous compreniez qu'un pareil caractère devait plus tard agir à sa façon, et non à celle de tout le monde.

A seize ans, l'oncle en question, allant en Suisse, emmena Emmeline. A l'aspect des montagnes, on crut qu'elle perdait la raison, tant ses transports de joie parurent vifs. Elle criait, s'élançait de la calèche; il fallait qu'elle allât plonger son petit visage dans les sources qui s'échappaient des roches. Elle voulait gravir des pics, ou descendre jusqu'aux torrents dans les précipices; elle ramassait des pierres, arrachait la mousse; entrée un jour dans un châlet, elle n'en voulait plus sortir; il fallut presque l'enlever de force, et lorsqu'elle fut remontée en voiture, elle cria en pleurant aux paysans : Ah! mes amis, vous me laissez partir!

Nulle trace de coquetterie n'avait encore paru en elle, lorsqu'elle entra dans le monde. Est-ce un mal de se trouver lancée dans la vie sans grande maxime en portefeuille? Je ne sais; d'autre part n'arrive-t-il pas souvent de tomber dans un danger en voulant l'éviter? Témoins ces pauvres personnes auxquelles on a fait de si terribles peintures de l'amour, qu'elles entrent dans un salon les cordes du cœur tendues par la crainte, et qu'au plus léger soupir elles résonnent comme des harpes. Quant à l'amour, Emmeline était encore fort ignorante sur ce sujet. Elle avait lu quelques romans où elle avait choisi une collection de ce qu'elle nommait des niaiseries sentimentales, chapitre qu'elle traitait volontiers d'une façon divertissante. Elle s'était promis de vivre uniquement en spectateur. Sans nul souci de sa tournure, de sa figure, ni de son esprit, devait-elle aller au bal, elle posait sur sa tête une fleur, sans s'inquiéter de l'effet de sa coiffure, endossait une robe de gaze comme un costume de chasse, et, sans se mirer les trois quarts du temps, partait joyeuse.

Vous sentez qu'avec sa fortune (car du vivant de sa mère sa dot était considérable) on lui proposait tous les jours des partis. Elle n'en refusait aucun sans examen; mais ces examens successifs n'étaient pour elle que l'occasion d'une galerie de caricatures. Elle toisait les gens de la tête aux pieds avec plus d'assurance qu'on n'en a ordinairement à son âge; puis, le soir, enfermée avec ses bonnes amies, elle leur donnait une représentation de l'entrevue du matin; son talent naturel pour l'imitation rendait cette scène d'un comique achevé. Celui-là avait l'air embarrassé, celui-ci était fat; l'un parlait du nez, l'autre saluait de travers. Tenant à la main le chapeau de son oncle, elle entrait, s'asseyait, causait de la pluie et du beau temps comme à une première visite, en venait peu à peu à effleurer la question matrimoniale, et, quittant brusquement son rôle, éclatait de rire, réponse décisive qu'on pouvait porter à ses prétendants.

Un jour arriva cependant où elle se trouva devant son miroir, arrangeant ses fleurs avec un peu plus d'art que de coutume. Elle était ce jour-là d'un grand dîner, et sa femme de chambre lui avait mis une robe neuve qui ne lui parut pas de bon goût. Un vieil air d'opéra avec lequel on l'avait bercée lui revint en tête :

> Aux amants lorsqu'on cherche à plaire,
> On est bien près de s'enflammer.

L'application qu'elle se fit de ces paroles la plongea tout à coup dans un émoi singulier. Elle demeura rêveuse tout le soir, et, pour la première fois, on la trouva triste.

M. de Marsan arrivait alors de Strasbourg, où était son régiment; c'était un des plus beaux hommes qu'on pût voir, avec cet air fier et un peu violent que vous lui connaissez. Je ne sais s'il était du dîner où avait paru la robe neuve, mais il fut prié pour une partie de chasse chez madame Duval, qui avait une fort belle terre près de Fontainebleau. Emmeline était de cette partie. Au moment d'entrer dans le bois, le bruit du cor fit emporter le cheval qu'elle montait. Habituée aux caprices de l'animal, elle voulut l'en punir après l'avoir calmé; un coup de cravache donné trop vivement faillit lui coûter la vie. Le cheval ombrageux se jeta à travers champs, et il entraînait à un ravin profond la cavalière imprudente, quand M. de Marsan, qui avait mis pied à terre, courut l'arrêter; mais le choc le renversa, et il eut le bras cassé.

Le caractère d'Emmeline, à dater de ce jour, parut entièrement changé. A sa gaieté succéda un air de distraction étrange. Madame Duval étant morte peu de temps après, la terre fut vendue; et on prétendit qu'à la maison du faubourg Saint-Honoré la petite Duval soulevait régulièrement sa jalousie à l'heure où un beau garçon à cheval passait, allant aux Champs-Elysées. Quoi qu'il en soit, un an après, Emmeline déclara à sa famille ses intentions, que rien ne put ébranler. Je n'ai pas besoin de vous parler du haro et de tout le tapage qu'on fit pour la convaincre. Après six mois de résistance opiniâtre, malgré tout ce qu'on put dire et faire, il fallut céder à la demoiselle, et la faire comtesse de Marsan.

II

Le mariage fait, la gaieté revint. Ce fut un spectacle assez curieux de voir une femme redevenir enfant après ses noces; il semblait que la vie d'Emmeline eût été suspendue par son amour; dès qu'il fut satisfait, elle reprit son cours, comme un ruisseau arrêté un instant.

Ce n'était plus maintenant dans la chambrette obscure que se passaient les enfantillages journaliers; c'était à l'hôtel de Marsan comme dans les salons les plus graves, et vous imaginez quels effets ils y produisaient. Le comte, sérieux et parfois sombre, gêné peut-être par sa position nouvelle, promenait assez tristement sa jeune femme, qui riait de tout sans songer à rien. On s'étonna d'abord, on murmura ensuite, enfin on s'y fit, comme à toute chose. La réputation de M. de Marsan n'était pas celle d'un homme à marier, mais était très bonne pour un mari ; d'ailleurs, eût-on voulu être plus sévère, il n'était personne que n'eût désarmé la bienveillante gaieté d'Emmeline. L'oncle Duval avait eu soin d'annoncer que le contrat, du côté de la fortune, ne mettait pas sa nièce à la merci d'un maître; le monde se contenta de cette confidence qu'on voulait bien lui faire, et, pour ce qui avait précédé et amené le mariage, on en parla comme d'un caprice dont les bavards firent un roman.

On se demandait pourtant tout bas quelles qualités extraordinaires avaient pu séduire une riche héritière et la déterminer à ce coup de tête. Les gens que le hasard a maltraités ne se figurent pas aisément qu'on dispose ainsi de deux millions sans quelque motif surnaturel. Ils ne savent pas que si la plupart des hommes tiennent avant tout à la richesse, une jeune fille ne se doute quelquefois pas de ce que c'est que l'argent, surtout lorsqu'elle est née avec et qu'elle n'a pas vu son père le gagner. C'était précisément l'histoire d'Emmeline; elle avait épousé M. de Marsan uniquement parce qu'il lui avait plu et qu'elle n'avait ni père ni mère pour la contrarier; mais quant à la différence de fortune, elle n'y avait seulement pas pensé. M. de Marsan l'avait séduite par les qualités extérieures qui annoncent l'homme, la beauté et la force. Il avait fait devant elle et pour elle la seule action qui eût fait battre le cœur de la jeune fille; et comme une gaieté habituelle s'allie quelquefois à une disposition romanesque, ce cœur sans expérience s'était exalté. Aussi la folle comtesse aimait-elle son mari à l'excès; rien n'était beau pour elle que lui, et quand elle lui donnait le bras, rien ne valait la peine qu'elle tournât la tête.

Pendant les quatre premières années après le mariage, on les vit très peu l'un et l'autre. Ils avaient loué une maison de campagne au bord de la Seine, près de Melun; il y a, dans cet endroit, deux ou trois villages qui s'appellent le May, et comme apparemment la maison est bâtie à la place d'un ancien moulin, on l'appelle le *Moulin de May*. C'est une habitation charmante ; on y jouit d'une vue délicieuse. Une grande terrasse, plantée de tilleuls, domine la rive gauche du fleuve, et on descend du parc au bord de l'eau par une colline de verdure. Derrière la maison est une basse-cour d'une propreté et d'une élégance singulières, qui forme à elle seule un grand bâtiment au milieu duquel est une faisanderie ; un parc immense entoure la maison, et va rejoindre le bois de la rochette. Vous connaissez ce bois, Madame; vous souvenez-vous de l'*allée des soupirs?* Je n'ai jamais su d'où lui vient ce nom ; mais j'ai toujours trouvé qu'elle le mérite. Lorsque le soleil donne sur l'étroite charmille, et qu'en s'y promenant seul au frais pendant la chaleur de midi, on voit cette longue galerie s'étendre à mesure qu'on avance, on est inquiet et charmé de se trouver seul, et la rêverie vous prend malgré vous.

Emmeline n'aimait pas cette allée; elle la trouvait sentimentale, et ses railleries du couvent lui revenaient quand on en parlait. La basse-cour, en revanche, faisait ses délices ; elle y passait deux ou trois heures par jour avec les enfants du fermier. J'ai peur que mon héroïne ne vous semble niaise, si je vous dis que lorsqu'on venait la voir, on la trouvait quelquefois sur une meule, remuant une énorme fourche, et les cheveux entremêlés de foin ; mais elle sautait à terre comme un oiseau, et avant que vous n'eussiez le temps de voir l'enfant gâté, la comtesse était près de vous, et vous faisait les honneurs de chez elle avec une grâce qui fait tout pardonner.

Si elle n'était pas à la basse-cour, il fallait alors, pour la rencontrer, gagner au fond du parc un petit tertre vert au milieu des rochers ; c'était un vrai désert d'enfant, comme celui de Rousseau à Ermenonville, trois cailloux et une bruyère ; là, assise à l'ombre, elle chantait à haute voix en lisant les oraisons funèbres de Bossuet, ou tout autre ouvrage aussi grave ; si là encore vous ne la trouviez pas, elle courait à cheval dans la vigne, forçant quelque rosse de la ferme à sauter les fossés et les échaliers, et se divertissant toute seule aux dépens de la pauvre bête avec un imperturbable sang-froid. Si vous ne la voyiez ni à la vigne, ni au désert, ni à la basse-cour, elle était probablement devant son piano, déchiffrant une partition nouvelle, la tête en avant, les yeux animés et les mains tremblantes ; la lecture de la musique l'occupait tout entière, et elle palpitait d'espérance en pensant qu'elle allait découvrir un air, une phrase de son goût. Mais si le piano était muet comme le reste, vous aperceviez alors la maîtresse de la maison assise ou plutôt accroupie sur un coussin au coin de la cheminée, et tisonnant, la pincette à la main. Ses yeux distraits cherchent dans les veines du marbre des figures, des animaux, des paysages, mille aliments de rêverie, et, perdue dans cette contemplation, elle se brûle le bout du pied avec sa pincette rougie au feu.

Voilà de vraies folies, allez-vous dire ; ce n'est pas un roman que je fais, Madame, et vous vous en apercevez bien.

Comme, malgré ses folies, elle avait de l'esprit, il se trouva que, sans qu'elle y pensât, il s'était formé au bout de quelque temps un cercle de gens d'esprit autour d'elle. M. de Marsan, en 1829, fut obligé d'aller en Allemagne pour une affaire de succession qui ne lui rapporta rien. Il ne voulut point emmener sa femme, et la confia à la marquise d'Ennery, sa tante, qui vint loger au Moulin de May. Madame d'Ennery était d'humeur mondaine; elle avait été belle aux beaux jours de l'Empire, et elle marchait avec une dignité folâtre, comme si elle eût traîné une robe à queue. Un vieil éventail à paillettes, qui ne la quittait pas, lui servait à se cacher à demi lorsqu'elle se permettait un propos grivois, qui lui échappait volontiers; mais la décence restait toujours à portée de sa main, et dès que l'éventail se baissait, les paupières de la dame en faisaient autant; sa façon de voir et de parler étonna d'abord Emmeline à un point qu'on ne peut se figurer, car avec son étourderie, madame de Marsan était restée d'une innocence rare. Les récits plaisants de sa tante, la manière dont celle-ci envisageait le mariage, ses demi-sourires en parlant des autres, ses hélas! en parlant d'elle-même, tout cela rendait Emmeline tantôt sérieuse et stupéfaite, tantôt folle de plaisir, comme la lecture d'un conte de fées.

Quand la vieille dame vit l'*allée des soupirs,* il va sans dire qu'elle l'aima beaucoup. La nièce y vint par complaisance; ce fut là qu'à travers un déluge de sornettes, Emmeline entrevit le fond des choses, ce qui veut dire, en bon français, la façon de vivre des Parisiens.

Elles se promenaient seules toutes deux un matin, et gagnaient, en causant, le bois de la Rochette; madame d'Ennery essayait vainement de faire raconter à la comtesse l'histoire de ses amours; elle la questionnait de cent manières sur ce qui s'était passé à Paris, pendant l'année mystérieuse où M. de Marsan faisait la cour à mademoiselle Duval; elle lui demandait en riant s'il y avait eu quelques rendez-vous, un baiser pris avant le contrat, enfin, comment la passion était venue. Emmeline, sur ce sujet, a été muette toute sa vie; je me trompe peut-être, mais je crois que la raison de ce silence, c'est qu'elle ne peut parler de rien sans en plaisanter, et qu'elle ne veut pas plaisanter là-dessus. Bref, la douairière, voyant sa peine perdue, changea de thèse, et demanda si, après quatre ans de mariage, cet amour étrange vivait encore. — Comme il vivait au premier jour, répondit Emmeline, et comme il vivra à mon dernier jour. Madame d'Ennery, à cette parole, s'arrêta, et baisa majestueusement sa nièce sur le front. — Chère enfant, dit-elle, tu mérites d'être heureuse, et le bonheur est fait, à coup sûr, pour l'homme qui est aimé de toi. Après cette phrase prononcée d'un ton emphatique, elle se redressa tout d'une pièce, et ajouta en minaudant : Je croyais que M. de Sorgues te faisait les yeux doux?

M. de Sorgues était un jeune homme à la mode, grand amateur de chasse et de chevaux, qui venait souvent au Moulin de May, plutôt pour le comte que pour sa femme. Il était cependant assez vrai qu'il avait fait les *yeux doux* à la comtesse, car quel homme désœuvré, à douze lieues de Paris, ne regarde une jolie femme quand il la rencontre? Emmeline ne s'était jamais guère occupée de lui, sinon pour veiller à ce qu'il ne manquât de rien chez elle. Il lui était indifférent, mais l'observation de sa tante le lui fit secrètement haïr malgré elle. Le hasard voulut qu'en rentrant du bois, elle vit précisément dans la cour une voiture qu'elle reconnut pour celle de M. de Sorgues. Il se présenta un instant après, témoignant le regret d'arriver trop tard de la campagne où il avait passé l'été, et de ne plus trouver M. de Marsan. Soit étonnement, soit répugnance, Emmeline ne put cacher quelque émotion en le voyant; elle rougit, et il s'en aperçut.

Comme M. de Sorgues était abonné à l'Opéra, et qu'il avait entretenu deux ou trois figurantes à cent écus par mois, il se croyait homme à bonnes fortunes, et obligé d'en soutenir le rôle. En allant dîner, il voulut savoir jusqu'à quel point il avait ébloui, et serra la main de madame de Marsan. Elle frissonna de la tête aux pieds, tant l'impression lui fut nouvelle; il n'en fallait pas tant pour rendre un fat ivre d'orgueil.

Il fut décidé par la tante, un mois durant, que M. de Sorgues était l'*adorateur*; c'était un sujet intarissable d'antiques fadaises et de mots à double entente qu'Emmeline supportait avec peine, mais auxquels son bon naturel la forçait de se plier; dire par quels motifs la vieille marquise trouvait l'adorateur aimable, par quels autres motifs il lui plaisait moins, c'est malheureusement ou heureusement une chose impossible à écrire et impossible à deviner. Mais on peut aisément supposer l'effet que produisaient sur Emmeline de pareilles idées, accompagnées, bien entendu, d'exemples tirés de l'histoire moderne, et de tous les principes des gens bien élevés qui font l'amour comme des maîtres de danse. Je crois que c'est dans un livre aussi dangereux que les liaisons dont parle son titre, que se trouve une remarque dont on ne connaît pas assez la profondeur : Rien ne corrompt plus vite une jeune femme, y est-il dit, que de croire corrompus ceux qu'elle doit respecter. Les propos de madame d'Ennery éveillaient dans l'âme de sa nièce un sentiment d'une autre nature. Qui suis-je donc, se disait-elle, si le monde est ainsi? La pensée de son mari absent la tourmentait; elle aurait voulu le trouver près d'elle lorsqu'elle rêvait au coin du feu; elle eût du moins pu le consulter, lui demander la vérité; il devait la savoir, puisqu'il était homme, et elle sentait que la vérité dite par cette bouche ne pouvait pas être à craindre.

Elle prit le parti d'écrire à M. de Marsan, et de se plaindre de sa tante. Sa lettre était faite et cachetée, et elle se disposait à l'envoyer, quand, par une bizarrerie de son caractère, elle la jeta au feu en riant. — Je suis bien sotte de m'inquiéter, se dit-elle avec sa gaieté habituelle; ne voilà-t-il pas un beau monsieur, pour me faire peur avec ses yeux doux? M. de Sorgues entrait au moment même. Apparemment que, pendant sa route, il avait pris des résolutions extrêmes; le fait est qu'il ferma brusquement la porte, et s'approchant d'Emmeline sans lui dire un mot, il la saisit et l'embrassa.

Elle resta muette d'étonnement, et, pour toute réponse, tira sa sonnette. M. de Sorgues, en sa qualité d'homme à bonnes fortunes, comprit aussitôt et se sauva. Il écrivit le soir même une grande lettre à la comtesse, et on ne le revit plus au Moulin de May.

III

Emmeline ne parla de son aventure à personne. Elle n'y vit qu'une leçon pour elle, et un sujet de réflexion. Son humeur n'en fut pas altérée; seulement, quand madame d'Ennery, selon sa coutume, l'embrassait le soir avant de se retirer, un léger frisson faisait pâlir la comtesse.

Bien loin de se plaindre de sa tante, comme elle l'avait d'abord résolu, elle ne chercha qu'à se rapprocher d'elle et à la faire parler davantage. La pensée du danger étant écartée par le départ de l'adorateur, il n'était resté dans la tête de la comtesse qu'une curiosité insatiable; la marquise avait eu, dans la force du terme, ce qu'on appelle une jeunesse orageuse; en avouant le tiers de la vérité, elle était déjà très divertissante, et avec sa nièce, après dîner, elle en avouait quelquefois la moitié. Il est vrai que tous les matins elle se réveillait avec l'intention de ne plus rien dire, et de reprendre tout ce qu'elle avait dit; mais ses anecdotes ressemblaient, par malheur, aux moutons de Panurge : à mesure que la journée avançait, les confidences se multipliaient, en sorte que, quand minuit sonnait, il se trouvait quelquefois que l'aiguille semblait avoir compté le nombre des historiettes de la bonne dame.

Enfoncée dans son grand fauteuil, Emmeline écoutait gravement ; je n'ai pas besoin d'ajouter que cette gravité était troublée à chaque instant par un fou rire et les questions les plus plaisantes. A travers les scrupules et les réticences indispensables, madame de Marsan déchiffrait sa tante, comme un manuscrit précieux où il manque nombre de feuillets, que l'intelligence du lecteur doit remplacer; le monde lui apparut sous un nouvel aspect; elle vit que pour faire mouvoir les marionnettes, il fallait connaître et saisir les fils; elle prit dans cette pensée une indulgence pour les autres qu'elle a toujours conservée; il semble, en effet, que rien ne la choque, et personne n'est moins sévère qu'elle pour ses amis; cela vient de ce que l'expérience l'a forcée à se regarder comme un être à part, et qu'en s'amusant innocemment des faiblesses d'autrui, elle a renoncé à les imiter.

Ce fut alors que, de retour à Paris, elle devint cette comtesse de Marsan dont on a tant parlé, et qui fut si vite à la mode. Ce n'était plus la petite Duval, ni la jeune mariée turbulente, et presque toujours décoiffée. Une seule épreuve et sa volonté l'avaient subitement métamorphosée. C'était une femme de tête et de cœur qui ne voulait ni amours ni conquêtes, et qui, avec une sagesse reconnue, trouvait moyen de plaire partout. Il semblait qu'elle se fût dit : Puisque c'est ainsi que va le monde, eh bien ! nous le prendrons comme il est. Elle avait deviné la vie, et pendant un an, vous vous en souvenez, il n'y eut pas de plaisirs sans elle. On a cru et on a dit, je le sais, qu'un changement si extraordinaire n'avait pu être fait que par l'amour, et on a attribué à une passion nouvelle le nouvel éclat de la comtesse. On juge si vite, et on se trompe si bien ! Ce qui fit le charme d'Emmeline, ce fut son parti pris de n'attaque personne, et d'être elle-même inattaquable. S'il y a quelqu'un à qui puisse s'appliquer ce mot charmant d'un de nos poètes : Je vis par curiosité *, c'est à madame de Marsan. Ce mot la résume tout entière.

M. de Marsan revint ; le peu de succès de son voyage ne l'avait pas mis de bonne humeur. Ses projets étaient renversés. La révolution de juillet vint par là-dessus, et il perdit ses épaulettes. Fidèle au parti qu'il servait, il ne sortit plus que pour faire de rares visites dans le faubourg Saint-Germain. Au milieu de ces tristes circonstances, Emmeline tomba malade ; sa santé délicate fut brisée par de longues souffrances, et elle pensa mourir. Un an après, on la reconnaissait à peine. Son oncle l'emmena en Italie, et ce ne fut qu'en 1832 qu'elle revint de Nice avec le digne homme.

Je vous ai dit qu'il s'était formé un cercle autour d'elle ; elle le retrouva au retour ; mais de vive et alerte qu'elle était, elle devint sédentaire. Il semblait que l'agilité de son corps l'eût quittée, et ne fût res-

* Victor Hugo, *Marion Delorme*.

tée que dans son esprit. Elle sortait rarement, comme son mari, et on ne passait guère le soir sous sa fenêtre sans voir la lumière de sa lampe. Là se rassemblaient quelques amis; comme les gens d'élite se cherchent, l'hôtel de Marsan fut bientôt un lieu de réunion très agréable, que l'on n'abordait ni trop difficilement ni trop aisément, et qui eut le bon sens de ne pas devenir un bureau d'esprit. M. de Marsan, habitué à une vie plus agitée, s'ennuyait de ne savoir que faire. Les conversations et l'oisiveté n'avaient jamais été fort à son goût. On le vit d'abord plus rarement chez la comtesse, et peu à peu on ne le vit plus. On a dit même que, fatigué de sa femme, il avait pris une maîtresse; comme ce n'est pas prouvé, nous n'en parlerons pas.

Cependant Emmeline avait vingt-cinq ans, et sans se rendre compte de ce qui se passait en elle, elle sentait aussi l'ennui la gagner. *L'allée des soupirs* lui revint en mémoire, et la solitude l'inquiéta. Il lui semblait éprouver un désir, et, quand elle cherchait ce qui lui manquait, elle ne trouvait rien. Il ne lui venait pas à la pensée qu'on pût aimer deux fois dans sa vie; sous ce rapport, elle croyait avoir épuisé son cœur, et M. de Marsan en était pour elle l'unique dépositaire; lorsqu'elle entendait la Malibran, une crainte involontaire la saisissait; rentrée chez elle et enfermée, elle passait quelquefois la nuit entière à chanter seule, et il arrivait que sur ses lèvres les notes devenaient convulsives.

Elle crut que sa passion pour la musique suffirait pour la rendre heureuse; elle avait une loge aux Italiens qu'elle fit tendre de soie, comme un boudoir. Cette loge, décorée avec un soin extrême, fut pendant quelque temps l'objet constant de ses pensées; elle en avait choisi l'étoffe, elle y fit porter une petite glace gothique qu'elle aimait. Ne sachant comment prolonger ce plaisir d'enfant, elle y ajoutait chaque jour quelque chose; elle fit elle-même, pour sa loge, un petit tabouret en tapisserie qui était un chef-d'œuvre; enfin, quand tout fut décidément achevé, quand il n'y eut plus moyen de rien inventer, elle se trouva seule, un soir, dans son coin chéri, en face du *Don Juan* de Mozart. Elle ne regardait ni la salle ni le théâtre; elle éprouvait une impatience irrésistible; Rubini, madame Heinefetter et mademoiselle Sontag chantaient le trio des masques, que le public leur fit répéter. Perdue dans sa rêverie, Emmeline écoutait de toute son âme; elle s'aperçut, en revenant à elle, qu'elle avait étendu le bras sur une chaise vide à ses côtés, et qu'elle serrait fortement son mouchoir, à défaut d'une main amie. Elle ne se demanda pas pourquoi M. de Marsan n'était pas là, mais elle se demanda pourquoi elle y était seule, et cette réflexion la troubla.

Elle trouva en rentrant son mari dans le salon, jouant aux échecs avec un de ses amis. Elle s'assit à quelque distance, et, presque malgré elle, regarda le comte. Elle suivait les mouvements de cette noble figure, qu'elle avait vue si belle à dix-huit ans lorsqu'il s'était jeté au-devant de son cheval. M. de Marsan perdait, et ses sourcils froncés ne lui prêtaient pas une expression gracieuse. Il sourit tout à coup, la fortune tournait de son côté, et ses yeux brillèrent.

— Vous aimez donc beaucoup ce jeu? demanda Emmeline en souriant.

— Comme la musique, pour passer le temps, répondit le comte; et il continua sans regarder sa femme.

— Passer le temps! se répéta tout bas madame de Marsan, dans sa chambre, au moment de se mettre au lit. Ce mot l'empêchait de dormir: Il est beau, il est brave, se disait-elle, il m'aime. Cependant son cœur battait avec violence, elle écoutait le bruit de la pendule, et la vibration monotone du balancier lui était insupportable; elle se leva pour l'arrêter. Que fais-je? se demanda-t-elle; arrêterai-je l'heure et le temps, en forçant cette petite horloge à se taire?

Les yeux fixés sur la pendule, elle se livra à des pensées qui ne lui étaient pas encore venues. Elle songea au passé, à l'avenir, à la rapidité de la vie; elle se demanda pourquoi nous sommes sur terre, ce que nous y faisons, ce qui nous attend après. En cherchant dans son cœur, elle n'y trouva qu'un jour où elle eût vécu, celui où elle avait senti qu'elle aimait. Le reste lui sembla un rêve confus, une succession de journées uniformes comme le mouvement du balancier. Elle posa sa main sur son front, et sentit un besoin invincible de vivre, dirai-je de souffrir? peut-être. Elle eût préféré en cet instant la souffrance à sa tristesse. Elle se dit qu'à tout prix elle voulait changer son existence. Elle fit cent projets de voyage, et aucun pays ne lui plaisait.

Qu'irait-elle chercher ? L'inutilité de ses désirs, l'incertitude qui l'accablait, l'effrayèrent ; elle crut avoir eu un moment de folie ; elle courut à son piano et voulut jouer son trio des masques, mais aux premiers accords elle fondit en larmes, et resta pensive et découragée.

IV

Parmi les habitués de l'hôtel de Marsan se trouvait un jeune homme nommé Gilbert. Je sens, Madame, qu'en vous parlant de lui je touche ici à un point délicat, et je ne sais trop comment je m'en tirerai.

Il venait depuis six mois une ou deux fois par semaine chez la comtesse, et ce qu'il ressentait près d'elle ne doit peut-être pas s'appeler de l'amour. Quoi qu'on en dise, l'amour c'est l'espérance ; et telle que ses amis la connaissaient, si Emmeline inspirait des désirs, sa conduite et son caractère n'étaient pas faits pour les enhardir. Jamais en présence de madame de Marsan, Gilbert ne s'était adressé de question de ce genre. Elle lui plaisait par sa conversation, par sa manière de voir, par ses goûts, par son esprit, et par un peu de malice qui est le hochet de l'esprit. Eloigné d'elle, un regard, un sourire, quelque beauté secrète entrevue, que sais-je ? mille souvenirs s'emparaient de lui et le poursuivaient incessamment, comme ces fragments de mélodie dont on ne peut se débarrasser à la suite d'une soirée musicale, mais dès qu'il la voyait, il retrouvait le calme et la facilité qu'il avait de la voir souvent l'empêchait peut-être de souhaiter davantage, car ce n'est quelquefois qu'en perdant ceux qu'on aime qu'on sent combien on les aimait.

En allant le soir chez Emmeline, on la trouvait presque toujours entourée ; Gilbert n'arrivait guère que vers dix heures, au moment où il y avait le plus de monde, et personne ne restait le dernier ; on sortait ensemble à minuit, quelquefois plus tard, s'il s'était trouvé une histoire amusante en train. Il en résultait que, depuis six mois, malgré son assiduité chez la comtesse, Gilbert n'avait point eu de tête-à-tête avec elle. Il la connaissait cependant très bien, et peut-être mieux que de plus intimes, soit par une pénétration naturelle, soit par un autre motif qu'il faut vous dire aussi. Il aimait la musique autant qu'elle ; et comme un goût dominant explique bien des choses, c'était par là qu'il la devinait : il y avait telle phrase d'une romance, tel passage d'un air italien qui était pour lui la clé d'un trésor ; l'air achevé, il regardait Emmeline, et il était rare qu'il ne rencontrât par ses yeux. S'agissait-il d'un livre nouveau ou d'une pièce représentée la veille, si l'un des deux en disait son avis, l'autre approuvait d'un signe de tête. A une anecdote, il leur arrivait de rire au même endroit ; et le récit touchant d'une belle action leur faisait détourner les regards en même temps, de peur de trahir l'émotion trop vive. Pour tout exprimer par un bon vieux mot, il y avait entre eux sympathie. Mais, direz-vous, c'est de l'amour ; patience, Madame, pas encore.

Gilbert allait souvent aux Bouffes, et passait quelquefois un acte dans la loge de la comtesse. Le hasard fit qu'un de ces jours-là, on donnât encore *Don Juan*. M. de Marsan y était. Emmeline, lorsque vint le trio, ne put s'empêcher de regarder à côté d'elle et de se souvenir de son mouchoir; c'était, cette fois, le tour de Gilbert de rêver au son des basses et de la mélancolique harmonie; toute son âme était sur les lèvres de mademoiselle Sontag, et qui n'eût pas senti comme lui aurait pu le croire amoureux fou de la charmante cantatrice; les yeux du jeune homme étincelaient. Sur son visage un peu pâle, ombragé de longs cheveux noirs, on lisait le plaisir qu'il éprouvait; ses lèvres étaient entr'ouvertes, et sa main tremblante frappait légèrement la mesure sur le velours de la balustrade. Emmeline sourit; et en ce moment, je suis forcé de l'avouer; en ce moment, assis au fond de la loge, le comte dormait profondément.

Tant d'obstacles s'opposent ici-bas à des hasards de cette espèce, que ce ne sont que des rencontres; mais, par cela même, ils frappent davantage, et laissent un plus long souvenir. Gilbert ne se douta même pas de la pensée secrète d'Emmeline et de la comparaison qu'elle avait pu faire. Il y avait pourtant de certains jours où il se demandait au fond du cœur si la comtesse était heureuse; en se le demandant, il ne le croyait pas; mais dès qu'il y pensait, il n'en savait plus rien. Voyant à peu près les mêmes gens, et vivant dans le même monde, ils avaient tous deux nécessairement mille occasions de s'écrire pour des motifs légers;

ces billets indifférents, soumis aux lois de la cérémonie, trouvaient toujours moyen de renfermer un mot, une pensée qui donnait à rêver. Gilbert restait souvent une matinée avec une lettre de madame de Marsan ouverte sur sa table; et malgré lui, de temps en temps il y jetait les yeux. Son imagination excitée lui faisait chercher un sens particulier aux choses les plus insignifiantes. Emmeline signait quelquefois en italien : *Vostrissima ;* et il avait beau n'y voir qu'une formule amicale, il se répétait que ce mot voulait pourtant dire : Toute à vous.

Sans être homme à bonnes fortunes, comme M. de Sorgues, Gilbert avait eu des maîtresses : il était loin de professer pour les femmes cette apparence de mépris précoce que les jeunes gens prennent comme une mode, mais il avait sa façon de penser, et je ne vous l'expliquerai pas autrement qu'en vous disant que la comtesse de Marsan lui paraissait une exception. Assurément, bien des femmes sont sages; je me trompe, Madame, elles le sont toutes; mais il y a manière de l'être. Emmeline à son âge, riche, jolie, un peu triste, exaltée sur certains points, insouciante à l'excès sur d'autres, environnée de la meilleure compagnie, pleine de talents, aimant le plaisir, tout cela semblait au jeune homme d'étranges éléments de sagesse. Elle est belle, pourtant! se disait-il, tandis que par les douces soirées d'août il se promenait sur le boulevard Italien. Elle aime son mari, sans doute, mais ce n'est que de l'amitié; l'amour est passé; vivra-t-elle sans amour? Tout en y pensant, il fit réflexion que, depuis six mois, il vivait sans maîtresse.

Un jour qu'il était en visite, il passa devant la porte de l'hôtel de Marsan, et y frappa, contre sa coutume, attendu qu'il n'était que trois heures : il espérait trouver la comtesse seule, et il s'étonnait que l'idée de cet heureux hasard lui vînt pour la première fois. On lui répondit qu'elle était sortie. Il reprit le chemin de son logis de mauvaise humeur; et, comme c'était son habitude, il parlait seul entre ses dents. Je n'ai que faire de vous dire à quoi il songeait. Ses distractions l'entraînèrent peu à peu, et il s'écarta de sa route. Ce fut, je crois, au coin du carrefour Bussy qu'il heurta assez rudement un passant, et d'une manière au moins bizarre; car il se trouva tout à coup face à face avec un visage inconnu, à qui il venait de dire tout haut : Si je vous le disais, pourtant, que je vous aime?

Il s'esquivait honteux de sa folie, dont il ne pouvait s'empêcher de rire, lorsqu'il s'aperçut que son apostrophe ridicule faisait un vers assez bien tourné. Il en avait fait quelques-uns du temps qu'il était au collége; il lui prit la fantaisie de chercher la rime, et il la trouva, comme vous allez voir.

Le lendemain était un samedi, jour de réception de la comtesse. M. de Marsan commençait à se relâcher de ses résolutions solitaires, et il y avait grande foule ce jour-là; les lustres allumés, toutes les portes ouvertes, cercle énorme à la cheminée, les femmes d'un côté, les hommes de l'autre; ce n'était pas un lieu à billets doux. Gilbert s'approcha, non sans peine, de la maîtresse de la maison; après avoir causé de choses indifférentes avec elle et ses voisines, un quart d'heure, il tira de sa poche un papier plié qu'il s'amusait à chiffonner. Comme ce papier, tout chiffonné qu'il était, avait pourtant un air de lettre, il s'attendait qu'on le remarquerait; quelqu'un le remarqua en effet, mais ce ne fut pas Emmeline. Il le remit dans sa poche, puis l'en tira de nouveau; enfin la comtesse y jeta les yeux et lui demanda ce qu'il tenait. Ce sont, lui dit-il, des vers de ma façon, que j'ai faits pour une belle dame, et je vous les montrerai, si vous me promettez que dans le cas où vous devineriez qui c'est, vous ne me nuirez pas dans son esprit.

Emmeline prit le papier et lut les stances suivantes :

A NINON.

Si je vous le disais, pourtant, que je vous aime,
Qui sait, brune aux yeux bleus, ce que vous en diriez?
L'amour, vous le savez, cause une peine extrême;
C'est un mal sans pitié que vous plaignez vous-même;
Peut-être cependant que vous m'en puniriez.

Si je vous le disais, que six mois de silence
Cachent de longs tourments et des vœux insensés.
Ninon, vous êtes fine, et votre insouciance
Se plaît, comme une fée, à deviner d'avance. —
Vous me répondriez peut-être : Je le sais.

Si je vous le disais, qu'une douce folie
A fait de moi votre ombre, et m'attache à vos pas, —
Un petit air de doute et de mélancolie,
Vous le savez, Ninon, vous rend bien plus jolie; —
Peut-être diriez-vous que vous n'y croyez pas.

Si je vous le disais, que j'emporte dans l'âme
Jusques aux moindres mots de nos propos du soir. —
Un regard offensé, vous le savez, Madame,
Change deux yeux d'azur en deux éclairs de flamme; —
Vous me défendriez peut-être de vous voir.

Si je vous le disais, que chaque nuit je veille,
Que chaque jour je pleure et je prie à genoux. —
Ninon, quand vous riez, vous savez qu'une abeille
Prendrait pour une fleur votre bouche vermeille; —
Si je vous le disais, peut-être en ririez-vous.

Mais vous n'en saurez rien, je viens, sans en rien dire,
M'asseoir sous votre lampe et causer avec vous; —
Votre voix, je l'entends, votre air, je le respire; —
Et vous pouvez douter, deviner et sourire,
Vos yeux ne verront pas de quoi m'être moins doux.

Je récolte en secret des fleurs mystérieuses :
Le soir, derrière vous, j'écoute au piano
Chanter sur le clavier vos mains harmonieuses;
Et dans les tourbillons de nos valses joyeuses,
Je vous sens, dans mes bras, plier comme un roseau.

La nuit, quand de si loin le monde nous sépare,
Quand je rentre chez moi pour tirer mes verrous,
De mille souvenirs en jaloux je m'empare;
Et là, seul devant Dieu; plein d'une joie avare,
J'ouvre comme un trésor mon cœur tout plein de vous.

J'aime, et je sais répondre avec indifférence;
J'aime, et rien ne le dit; j'aime, et seul je le sais;
Et mon secret m'est cher, et chère ma souffrance;
Et j'ai fait le serment d'aimer sans espérance,
Mais non pas sans bonheur : — je vous vois, c'est assez.

Non, je n'étais pas né pour ce bonheur suprême,
De mourir dans vos bras et de vivre à vos pieds.
Tout me le prouve, hélas ! jusqu'à ma douleur même...
Si je vous le disais, pourtant, que je vous aime,
Qui sait, brune aux yeux bleus, ce que vous en diriez ?

Lorsque Emmeline eut achevé sa lecture, elle rendit le papier à Gilbert, sans rien dire. Un peu après, elle le lui redemanda, relut une seconde fois, puis garda le papier à la main d'un air indifférent, comme il avait fait tout à l'heure, et, quelqu'un s'étant approché, elle se leva, et oublia de rendre les vers.

V

Qui sommes-nous, je vous le demande, pour agir aussi légèrement? Gilbert était sorti joyeux pour se rendre à cette soirée; il revint tremblant comme une feuille. Ce qu'il y avait dans ces vers d'un peu exagéré et d'un peu *plus que vrai,* était devenu vrai dès que la comtesse y avait touché. Elle n'avait cependant rien répondu, et devant tant de témoins, impossible de l'interroger. Etait-elle offensée? Comment interpréter son silence? Parlerait-elle la première fois, et que dirait-elle? Son image se présentait, tantôt froide et sévère, tantôt douce et riante; Gilbert ne put supporter l'incertitude; après une nuit sans sommeil, il retourna chez la comtesse; il apprit qu'elle venait de partir en poste, et qu'elle était au Moulin de May.

Il se rappela que peu de jours auparavant, il lui avait demandé par hasard si elle comptait aller à la campagne, et qu'elle lui avait répondu que non; ce souvenir le frappa tout à coup. C'est à cause de moi qu'elle part, se dit-il, elle me craint, elle m'aime! A ce dernier mot il s'arrêta. Sa poitrine était oppressée; il respirait à peine, et je ne sais quelle frayeur le saisit; il tressaillit malgré lui à l'idée d'avoir touché si vite un si noble cœur. Les volets fermés, la cour de l'hôtel déserte, quelques domestiques qui chargeaient un fourgon, ce départ précipité, cette sorte de fuite, tout cela le troubla et l'étonna. Il rentra chez lui à pas lents; en un quart d'heure il était devenu un autre homme. Il ne prévoyait plus rien, ne calculait rien; il ne savait plus ce qu'il avait fait la veille, ni quelles circonstances l'avaient amené là; aucun sentiment d'orgueil ne trouvait place dans sa pensée; durant cette journée entière, il ne songea pas même aux moyens de profiter de sa position nouvelle, ni à tenter de voir Emmeline; elle ne lui apparaissait plus ni douce, ni sévère; il la voyait assise à la terrasse, relisant les stances qu'elle avait gardées, et en se répétant : elle m'aime! il se demandait s'il en était digne.

Gilbert n'avait pas vingt-cinq ans; lorsque sa conscience eut parlé, son âge lui parla à son tour. Il prit la voiture de Fontainebleau le lendemain, et arriva le soir au Moulin de May; quand on l'annonça, Emmeline était seule; elle le reçut avec un malaise visible; en le voyant fermer la porte, le souvenir de M. de Sorgues la fit pâlir. Mais à la première parole de Gilbert, elle vit qu'il n'était pas plus rassuré qu'elle-même. Au lieu de lui toucher la main comme il faisait d'ordinaire, il s'assit d'un air plus timide et plus réservé qu'auparavant. Ils restèrent seuls environ une heure, et il ne fut question ni des stances, ni de l'amour qu'elles exprimaient. Quand M. de Marsan rentra de la promenade, un nuage passa sur le front de Gilbert, il se dit qu'il avait bien mal profité de son premier tête-à-tête; mais il en fut tout autrement d'Emmeline. Le respect de Gilbert l'avait émue; elle tomba dans la plus dangereuse rêverie; elle avait compris qu'elle était aimée, et de l'instant qu'elle se crut en sûreté, elle aima.

Lorsqu'elle descendit le jour suivant, au déjeuner, les belles couleurs de la jeunesse avaient reparu sur ses joues; son visage, aussi bien que son cœur, avait rajeuni de dix ans. Elle voulut sortir à cheval, malgré un temps affreux; elle montait une superbe jument qu'il n'était pas facile de faire obéir, et il semblait qu'elle voulût exposer sa vie; elle balançait, en riant, sa cravache au-dessus de la tête de l'animal inquiet, et elle ne put résister au singulier plaisir de le frapper sans qu'il l'eût mérité; elle le sentit bondir de colère, et tandis qu'il secouait l'écume dont il était couvert, elle regarda Gilbert. Par un mouvement rapide, le jeune homme s'était approché, et voulait saisir la bride du cheval.—Laissez, laissez, dit-elle en riant, je ne tomberai pas ce matin.

Il fallait pourtant bien parler de ces stances, et ils s'en parlaient en effet beaucoup tous deux, mais des yeux seulement; ce langage en vaut bien un autre.

Gilbert passa trois jours au Moulin de May, sur le point de tomber à genoux à chaque instant. Quand il regardait la taille d'Emmeline, il tremblait de ne pouvoir résister à la tentation de l'entourer de ses bras; mais dès qu'elle faisait un pas, il se rangeait pour la laisser passer, comme s'il eût craint de toucher sa robe. Le troisième jour au soir, il avait annoncé son départ pour le lendemain matin; il fut question de valse en prenant le thé, et de l'ode de lord Byron sur la valse. Emmeline remarqua que, pour en parler avec tant d'animosité, il fallait que le plaisir eût excité bien vivement l'envie du poète qui ne pouvait le partager; elle fut chercher le livre à l'appui de son dire, et pour que Gilbert pût lire avec elle, elle se plaça si près de lui, que ses cheveux lui effleurèrent la joue. Ce léger contact causa au jeune homme un frisson de plaisir auquel il n'eût pas résisté, si M. de Marsan n'eût été là. Emmeline s'en aperçut et rougit : on ferma le livre, et ce fut tout l'événement du voyage.

Voilà, n'est-il pas vrai, Madame, un amoureux assez bizarre? Il y a un proverbe qui prétend que ce qui est différé n'est pas perdu. J'aime peu les proverbes en général, parce que ce sont des selles à tous chevaux; il n'en est pas un qui n'ait son contraire, et quelque conduite que l'on tienne on en trouve un pour s'appuyer. Mais je confesse que celui que je cite me paraît faux cent fois dans l'application, pour une fois qu'il se trouvera juste, tout au plus à l'usage de ces gens aussi patients que résignés, aussi résignés qu'indifférents. Qu'on tienne ce langage en paradis, que les saints se disent entre eux que ce qui est différé n'est pas perdu, c'est à merveille ; il sied à des gens qui ont devant eux l'éternité, de jeter le temps par les fenêtres. Mais nous, pauvres mortels, notre chance n'est pas si longue. Aussi je vous livre mon héros pour ce qu'il est ; je crois pourtant que, s'il eût agi de toute autre manière, il eût été traité comme M. de Sorgues.

Madame de Marsan revint au bout de la semaine. Gilbert arriva un soir chez elle de très bonne heure. La chaleur était accablante. Il la trouva seule au fond de son boudoir, étendue sur un canapé. Elle était vêtue de mousseline, les bras et le col nus. Deux jardinières, pleines de fleurs, embaumaient la chambre ; une porte ouverte sur le jardin laissait entrer un air tiède et suave. Tout disposait à la mollesse. Cependant une taquinerie étrange, inaccoutumée, vint traverser leur entretien. Je vous ai dit qu'il leur arrivait continuellement d'exprimer en même temps et dans les mêmes termes, leurs pensées, leurs sensations ; ce soir-là ils n'étaient d'accord sur rien, et par conséquent tous deux de mauvaise foi. Emmeline passait en revue certaines femmes de sa connaissance. Gilbert en parla avec enthousiasme, et elle en disait du mal à proportion. L'obscurité vint ; il se fit un silence. Un domestique entra, apportant une lampe ; madame de Marsan dit qu'elle n'en voulait pas, et qu'on la mît dans le salon. A peine cet ordre donné, elle parut s'en repentir, et s'étant levée avec quelque embarras, elle se dirigea vers son piano. Venez voir, dit-elle à Gilbert, le petit tabouret de ma loge que je viens de faire monter autrement; il me sert maintenant pour m'asseoir là; on vient de me l'apporter tout à l'heure, et je vais vous faire un peu de musique, pour que vous en ayez l'étrenne.

Elle préludait doucement par de vagues mélodies, et Gilbert reconnut bientôt son air favori, *le Désir* de Beethoven. S'oubliant peu à peu, Emmeline répandit dans son exécution l'expression la plus passionnée, pressant le mouvement à faire battre le cœur, puis s'arrêtant tout à coup comme si la respiration lui eût manqué, forçant le son, et le laissant s'éteindre. Nulles paroles n'égaleront jamais la tendresse d'un pareil langage. Gilbert était debout, et de temps en temps les beaux yeux se levaient pour le consulter. Il s'appuya sur l'angle du piano, et tous deux luttaient contre le trouble, quand un accident presque ridicule vint les tirer de leur rêverie.

Le tabouret cassa tout à coup, et Emmeline tomba aux pieds de Gilbert. Il s'élança pour lui tendre la main; elle la prit et se releva en riant; il était pâle comme un mort, craignant qu'elle ne se fût blessée. — C'est bon, dit-elle, donnez-moi une chaise; ne dirait-on pas que je suis tombée d'un cinquième?

Elle se mit à jouer une contredanse, et, tout en jouant, à le plaisanter sur la peur qu'il avait eue. — N'est-il pas tout simple, lui dit-il, que je m'effraie de vous voir tomber? — Bah! répondit-elle, c'est un effet nerveux; ne croyez-vous pas que j'en suis reconnaissante? Je conviens que ma chute est ridicule, mais je trouve, ajouta-t-elle assez sèchement, je trouve que votre peur l'est davantage.

Gilbert fit quelques tours de chambre, et la contredanse d'Emmeline devenait moins gaie d'instant en instant. Elle sentait qu'en voulant le railler elle l'avait blessé. Il était trop ému pour pouvoir parler. Il revint s'appuyer au même endroit, devant elle; ses yeux gonflés ne purent retenir quelques larmes; Emmeline se leva aussitôt et fut s'asseoir au fond de la chambre, dans un coin obscur. Il s'approcha d'elle et lui reprocha sa dureté. C'était le tour de la comtesse à ne pouvoir répondre. Elle restait muette et dans un état d'agitation impossible à peindre; il prit son chapeau pour sortir, et, ne pouvant s'y décider, s'assit près d'elle; elle se détourna, et étendit le bras comme pour lui faire signe de partir; il la saisit et la serra sur son cœur. Au même instant on sonna à la porte, et Emmeline se jeta dans un cabinet.

Le pauvre garçon ne s'aperçut le lendemain qu'il allait chez madame de Marsan qu'au moment où il y arrivait. L'expérience lui faisait craindre de la trouver trop sévère et offensée de ce qui s'était passé. Il se trompait; il la trouva calme et indulgente, et le premier mot de la comtesse fut qu'elle l'attendait. Mais elle lui annonça fermement qu'il leur fallait cesser de se voir. Je ne me repens pas, lui dit-elle, de la faute que j'ai commise, et je ne cherche à m'abuser sur rien. Mais quoi que je puisse vous faire souffrir et souffrir moi-même, M. de Marsan est entre nous; je ne puis mentir, oubliez-moi.

Gilbert fut atterré par cette franchise, dont l'accent persuasif ne permettait aucun doute. Il dédaignait les phrases vulgaires et les vaines menaces de mort qui arrivent toujours en pareil cas; il tenta d'être aussi courageux que la comtesse, et de lui prouver du moins par là quelle estime il avait pour elle. Il lui répondit qu'il obéirait et qu'il quitterait Paris pour quelque temps; elle lui demanda où il comptait aller, et lui promit de lui écrire. Elle voulut qu'il la connût tout entière, et lui raconta en quelques mots l'histoire de sa vie, lui peignit sa position, l'état de son cœur, et ne se fit pas plus heureuse qu'elle n'était. Elle lui rendit ses vers et le remercia de lui avoir donné un moment de bonheur. Je m'y suis livrée, lui dit-elle, sans vouloir y réfléchir; j'étais sûre que l'impossible m'arrêterait, mais je n'ai pu résister à ce qui était possible. J'espère que vous ne verrez pas dans ma conduite une coquetterie que je n'y ai pas mise. J'aurais dû songer davantage à vous; mais je ne vous crois pas assez d'amour pour que vous n'en guérissiez bientôt. — Je serai assez franc, répondit Gilbert, pour vous dire que je n'en sais rien; mais je ne crois pas en guérir. Votre beauté m'a moins touché que votre esprit et votre caractère, et si l'image d'un beau visage peut s'effacer par l'absence ou par les années, la perte d'un tel être que vous est à jamais irréparable. Sans doute je guérirai en apparence, et il est presque certain que dans quelque temps je reprendrai mon existence habituelle; mais ma raison même dira toujours que vous eussiez fait le bonheur de ma vie. Ces vers que vous me rendez ont été écrits comme par hasard, un instant d'ivresse les a inspirés; mais le sentiment qu'ils exprime nt est en moi depuis que je vous connais, et je n'ai eu la force de le cacher que par cela même qu'il est juste et durable. Nous ne serons donc heureux ni l'un ni l'autre, et nous ferons au monde un sacrifice que rien ne pourra compenser. — Ce n'est pas au monde que nous le ferons, dit Emmeline, mais à nous-mêmes, ou plutôt c'est à moi que vous le ferez. Le mensonge m'est insupportable, et hier soir, après votre départ, j'ai failli tout dire à M. de Marsan. Allons, ajouta-t-elle gaiement, allons, mon ami, tâchons de vivre.

Gilbert lui baisa la main respectueusement, et ils se séparèrent.

VI

A peine cette détermination fut-elle prise qu'ils la sentirent impossible à réaliser. Ils n'eurent pas besoin de longues explications pour en convenir mutuellement. Gilbert resta deux mois sans venir chez madame de Marsan, et pendant ces deux mois ils perdirent l'un et l'autre l'appétit et le sommeil. Au bout de ce temps, Gilbert se trouva un soir tellement désolé et ennuyé, que, sans savoir ce qu'il faisait, il prit son chapeau et arriva chez la comtesse à son heure ordinaire, comme si de rien n'était. Elle ne songea pas à lui adresser un reproche de ce qu'il ne tenait pas sa parole. Dès qu'elle l'eut regardé, elle comprit ce qu'il avait souffert; et il la vit si pâle et si changée, qu'il se repentit de n'être pas revenu plus tôt.

Ce qu'Emmeline avait dans le cœur n'était ni un caprice, ni une passion; c'était la voix de la nature même qui lui criait qu'elle avait besoin d'un nouvel amour. Elle n'avait pas fait grandes réflexions sur le caractère de Gilbert; il lui plaisait, et il était là; il lui disait qu'il l'aimait, et il l'aimait d'une tout autre manière que M. de Marsan ne l'avait aimée. L'esprit d'Emmeline, son intelligence, son imagination enthousiaste, toutes les nobles qualités renfermées en elle souffraient à son insu. Les larmes qu'elle croyait répandre sans raison demandaient à couler malgré elle, et la forçaient d'en chercher le motif; tout alors le lui apprenait, ses livres, sa musique, ses fleurs, ses habitudes même et sa vie solitaire; il fallait aimer et combattre, ou se résigner à mourir.

Ce fut avec une fierté courageuse que la comtesse de Marsan envisagea l'abîme où elle allait tomber. Lorsque Gilbert la serra de nouveau dans ses bras, elle regarda le ciel, comme pour le prendre à témoin de sa faute et de ce qu'elle allait lui coûter. Gilbert comprit ce regard mélancolique; il mesura la grandeur de sa tâche à la noblesse du cœur de son amie. Il sentit qu'il avait entre les mains le pouvoir de lui rendre l'existence ou de la dégrader à jamais. Cette pensée lui inspira moins d'orgueil que de joie; il se jura de se consacrer à elle, et remercia Dieu de l'amour qu'il éprouvait.

La nécessité du mensonge désolait pourtant la

jeune femme; elle n'en parla plus à son amant, et garda cette peine secrète; du reste, l'idée de résister plus ou moins long-temps, du moment qu'elle ne pouvait résister toujours, ne lui vint pas à l'esprit. Elle compta, pour ainsi dire, ses chances de souffrance et ses chances de bonheur, et mit hardiment sa vie pour enjeu. Au moment où Gilbert revint, elle se trouvait forcée de passer trois jours à la campagne. Il la conjurait de lui accorder un rendez-vous avant de partir. Je le ferai si vous voulez, lui répondit-elle, mais je vous supplie de me laisser attendre.

Le quatrième jour, un jeune homme entra vers minuit au Café Anglais. — Que veut Monsieur? demanda le garçon. — Tout ce que vous avez de meilleur, répondit le jeune homme, avec un air de joie qui fit retourner tout le monde. A la même heure, au fond de l'hôtel de Marsan, une persienne entr'ouverte laissait apercevoir une lueur derrière un rideau. Seule, en déshabillé de nuit, madame de Marsan était assise sur une petite chaise dans sa chambre, les verrous tirés derrière elle : Demain, je serai à lui. Sera-t-il à moi?

Emmeline ne pensait pas à comparer sa conduite à celle des autres femmes. Il n'y avait pour elle, en cet instant, ni douleur ni remords; tout faisait silence devant l'idée du lendemain. Oserai-je vous dire à quoi elle pensait? Oserai-je écrire ce qui, à cette heure redoutable, inquiétait une belle et noble femme, la plus sensible et la plus honnête que je connaisse, à la veille de la seule faute qu'elle ait jamais eu à se reprocher?

Elle pensait à sa beauté. Amour, dévouement, sincérité du cœur, constance, sympathie de goût, crainte, dangers, repentir, tout était chassé, tout était détruit par la plus vive inquiétude sur ses charmes, sur sa beauté corporelle. La lueur que nous apercevons, c'est celle d'un flambeau qu'elle tient à la main. Sa psyché est en face d'elle; elle se retourne, écoute; nul témoin, nul bruit; elle a entr'ouvert le voile qui la couvre, et comme Vénus devant le berger de la fable, elle comparait timidement.

Pour vous parler du jour suivant, je ne puis mieux faire, Madame, que de vous transcrire une lettre d'Emmeline à sa sœur, où elle peint elle-même ce qu'elle éprouvait :

« J'étais à lui. A toutes mes anxiétés avait succédé un abattement extrême. J'étais brisée, et ce malaise me plaisait. Je passai la soirée en rêverie; je voyais des formes vagues, j'entendais des voix lointaines; je distinguais : mon ange, ma vie! et je m'affaissais encore, plus encore. Pas une fois ma pensée ne s'est reportée sur les inquiétudes du jour précédent, durant cette demi-léthargie qui me reste en mémoire comme l'état que je choisirai en paradis. Je me couchai et dormis comme un nouveau-né. Au réveil, le matin, un souvenir confus des événements de la veille fit rapidement porter le sang au cœur. Une palpitation me fit dresser sur mon séant, et là je m'entendis m'écrier à haute voix : *C'en est fait!* J'appuyai ma tête sur mes genoux, et je me précipitai au fond de mon âme. Pour la première fois, il me vint la crainte qu'il ne m'eût mal jugée. La simplicité avec laquelle j'avais cédé pouvait lui donner cette opinion. En dépit de son esprit, de son tact, je pouvais craindre une mauvaise expérience du monde. Si ce n'était pour lui qu'une fantaisie? Trop étonnée, trop émue, bouleversée par tous les sentiments qui me subjuguaient, je n'avais pas assez étudié les siens. J'avais peur, je respirais court. Eh bien! me dis-je bravement, le jour où il me connaîtra, il aura un arriéré à payer. Tout ce sombre fut éclairé tout à coup par de doux souvenirs. Je sentais un sourire errer autour de ma bouche; comme la veille, je revis toute sa figure, belle d'une expression que je n'ai vue nulle part, même dans les chefs-d'œuvre des grands maîtres; j'y lisais l'amour, le respect, le culte, et ce doute, cette crainte de ne pas obtenir, tant on désire vivement. Voilà pour la femme l'instant suprême, et ainsi bercée, je m'habillai. On a grand plaisir à la toilette, quand on attend son amant. »

VII

Emmeline avait mis cinq ans à s'apercevoir que son premier choix ne pouvait la rendre heureuse; elle en avait souffert pendant un an; elle avait lutté six mois contre une passion naissante, deux mois contre un amour avoué; elle avait enfin succombé, et son bonheur dura quinze jours.

Quinze jours, c'est bien court, n'est-ce pas? J'ai

commencé ce conte sans y réfléchir, et je vois qu'arrivé au moment dont la pensée m'a fait prendre la plume, je n'ai rien à en dire sinon qu'il fut bien court. Comment tenterai-je de vous le peindre? Vous raconterai-je ce qui est inexprimable et ce que les plus grands génies de la terre ont laissé deviner dans leurs ouvrages, faute d'une parole qui pût le rendre? Certes, vous ne vous y attendez pas, et je ne commettrai pas ce sacrilége. Ce qui vient du cœur peut s'écrire, mais non ce qui est le cœur lui-même.

D'ailleurs, en quinze jours, si on est heureux, a-t-on le temps de s'en apercevoir? Emmeline et Gilbert étaient encore étonnés de leur bonheur; ils n'osaient y croire, et s'émerveillaient de la vive tendresse dont leur cœur était plein. Est-il possible, se demandaient-ils, que nos regards se soient jamais rencontrés avec indifférence, et que nos mains se soient touchées froidement? Quoi! je t'ai regardé, disait Emmeline, sans que mes yeux se soient voilés de larmes? Je t'ai écouté sans baiser tes lèvres? Tu m'as parlé comme à tout le monde, et je t'ai répondu sans te dire que je t'aimais? — Non, répondait Gilbert, ton regard, ta voix, te trahissaient; grand Dieu! comme ils me pénétraient! C'est moi que la crainte a arrêté, et qui suis cause que nous nous aimons si tard. — Alors ils se serraient la main, comme pour se dire tacitement: Calmons-nous, il y a de quoi en mourir.

A peine avaient-ils commencé à s'habituer de se voir en secret, et à jouir des frayeurs du mystère; à peine Gilbert connaissait-il ce nouveau visage que prend tout à coup une femme en tombant dans les bras de son amant ; à peine les premiers sourires avaient-ils paru à travers les larmes d'Emmeline; à peine s'étaient-ils juré de s'aimer toujours; pauvres enfants! confiants dans leur sort, ils s'y abandonnaient sans crainte, et savouraient lentement le plaisir de reconnaître qu'ils ne s'étaient pas trompés dans leur mutuelle espérance; ils en étaient encore à se dire : Comme nous allons être heureux ! quand leur bonheur s'évanouit.

Le comte de Marsan était un homme ferme, et sur les choses importantes son coup d'œil ne le trompait pas. Il avait vu sa femme triste; il avait pensé qu'elle l'aimait moins, et il ne s'en était pas soucié. Mais il la vit préoccupée et inquiète, et il résolut de ne pas le souffrir. Dès qu'il prit la peine d'en chercher la cause, il la trouva facilement. Emmeline s'était troublée à sa première question, et à la seconde avait été sur le point de tout avouer. Il ne voulut point d'une confidence de cette nature, et, sans en parler autrement à personne, il s'en fut à l'hôtel garni qu'il habitait avant son mariage, et y retint un appartement. Comme sa femme allait se coucher, il entra chez elle en robe de chambre, et s'étant assis en face d'elle, il lui parla à peu près ainsi : Vous me connaissez assez, ma chère, pour savoir que je ne suis pas jaloux. J'ai eu pour vous beaucoup d'amour, j'ai et j'aurai toujours pour vous beaucoup d'estime et d'amitié. Il est certain qu'à notre âge, et après tant d'années passées ensemble, une tolérance réciproque nous est nécessaire pour que nous puissions continuer de vivre en paix. J'use, pour ma part, de la liberté que doit avoir un homme, et je trouve bon que vous en fassiez autant. Si j'avais apporté dans cette maison autant de fortune que vous, je ne vous parlerais pas ainsi ; je vous laisserais le comprendre. Mais je suis pauvre, et notre contrat de mariage m'a laissé pauvre par ma volonté. Ce qui, chez un autre, ne serait que de l'indulgence ou de la sagesse, serait pour moi de la bassesse. Quelque précaution qu'on prenne, une intrigue n'est jamais secrète. Il faut, tôt ou tard, qu'on en parle. Ce jour arrivé, vous sentez que je ne serais rangé ni dans la catégorie des maris complaisants, ni même dans celle des maris ridicules, mais qu'on ne verrait en moi qu'un misérable à qui l'argent fait tout supporter. Il n'entre pas dans mon caractère de faire un éclat qui déshonore à la fois deux familles, quel qu'en soit le résultat ; je n'ai de haine ni contre vous ni contre personne ; c'est pour cette raison même que je viens vous annoncer la résolution que j'ai prise, afin de prévenir les suites de l'étonnement qu'elle pourra causer. Je demeurerai, à partir de la semaine prochaine, dans l'hôtel garni que j'habitais quand j'ai fait la connaissance de votre mère. Je suis fâché de rester à Paris, mais je n'ai pas de quoi voyager ; il faut que je me loge, et cette maison-là me plaît. Voyez ce que vous voulez faire, et, si c'est possible, j'agirai en conséquence.

Madame de Marsan avait écouté son mari avec un étonnement toujours croissant. Elle resta comme une statue ; elle vit qu'il était décidé, et elle n'y pouvait croire ; elle se jeta à son cou presque involontairement ; elle s'écria que rien au monde ne la ferait consentir à cette séparation. A tout ce qu'elle disait, il n'opposait que le silence. Emmeline éclata en sanglots; elle se mit à genoux et voulut confesser sa faute; il l'arrêta, et refusa de l'entendre. Il s'efforça de l'apaiser, lui répéta qu'il n'avait contre elle aucun ressentiment; puis il sortit malgré ses prières.

Le lendemain, ils ne se virent pas; lorsque Emmeline demanda si le comte était chez lui, on lui répondit qu'il était parti de grand matin, et qu'il ne rentrerait pas de la journée. Elle voulut l'attendre, et s'enferma à six heures du soir dans l'appartement de M. de Marsan; mais le courage lui manqua, et elle fut obligée de retourner chez elle.

Le jour suivant, au déjeuner, le comte descendit en habit de cheval. Les domestiques commençaient à faire ses paquets, et le corridor était plein de hardes en désordre. Emmeline s'approcha de son mari en le voyant entrer, et il la baisa sur le front; ils s'assirent en silence; on déjeunait dans la chambre à coucher de la comtesse. En face d'elle était sa psyché; elle croyait y voir son fantôme. Ses cheveux en désordre, son visage abattu, semblaient lui reprocher sa faute. Elle demanda au comte d'une voix mal assurée s'il comptait toujours quitter l'hôtel. Il répondit qu'il s'y disposait, et que son départ était fixé pour le lundi suivant.

— N'y a-t-il aucun moyen de retarder ce départ? demanda-t-elle d'un ton suppliant. — Ce qui est ne peut se changer, répliqua le comte; avez-vous réfléchi à ce que vous comptez faire? — Que voulez-vous que je fasse? dit-elle.

M. de Marsan ne répondit pas.

— Que voulez-vous? répéta-t-elle; quel moyen puis-je avoir de vous fléchir? quelle expiation, quel sacrifice puis-je vous offrir que vous consentiez à accepter? — C'est à vous de le savoir, dit le comte. Il se leva et s'en fut sans en dire plus; mais le soir même il revint chez sa femme, et son visage était moins sévère.

Ces deux jours avaient tellement fatigué Emmeline, qu'elle était d'une pâleur effrayante. M. de Marsan ne put, en le remarquant, se défendre d'un mouvement de compassion.

— Eh bien! ma chère, dit-il, qu'avez-vous? — Je pense, répondit-elle, et je vois que rien n'est possible. — Vous l'aimez donc beaucoup? demanda-t-il.

Malgré l'air froid qu'il affectait, Emmeline vit dans cette question un mouvement de jalousie. Elle crut que la démarche de son mari pouvait bien n'être qu'une tentative de se rapprocher d'elle, et cette idée lui fut pénible. Tous les hommes sont ainsi, pensa-t-elle, ils méprisent ce qu'ils possèdent, et reviennent avec ardeur à ce qu'ils ont perdu par leur faute. Elle voulut savoir jusqu'à quel point elle devinait juste, et répondit d'un ton hautain : Oui, Monsieur, je l'aime, et là-dessus, du moins, je ne mentirai pas.

— Je conçois cela, reprit M. de Marsan, et j'aurais mauvaise grâce à vouloir lutter ici contre personne; je n'en ai ni le moyen ni l'envie.

Emmeline vit qu'elle s'était trompée; elle voulait

parler et ne trouvait rien. Que répondre, en effet, à la façon d'agir du comte? Il avait deviné clairement ce qui s'était passé, et le parti qu'il avait pris était juste sans être cruel. Elle commençait une phrase, et ne pouvait l'achever; elle pleurait. M. de Marsan lui dit avec douceur : Calmez-vous; songez que vous avez commis une faute, mais que vous avez un ami qui la sait, et qui vous aidera à la réparer. — Que ferait donc cet ami, dit Emmeline, s'il était aussi riche que moi, puisque cette misérable question de fortune le décide à me quitter? Que feriez-vous, si notre contrat n'existait pas?

Emmeline se leva, alla à son secrétaire, en tira son contrat de mariage, et le brûla à la bougie qui était sur la table. Le comte la regarda faire jusqu'au bout.

— Je vous comprends, lui dit-il enfin; et, bien que ce que vous venez de faire soit une action sans conséquence, puisque le double est chez le notaire, cette action vous honore, et je vous en remercie. Mais songez donc, ajouta-t-il en embrassant Emmeline; songez donc que s'il ne s'agissait ici que d'une formalité à annuler, je n'aurais fait qu'abuser de mes avantages. Vous pouvez d'un trait de plume me rendre aussi riche que vous, je le sais; mais je n'y consentirai pas, et aujourd'hui moins que jamais. — Orgueilleux que vous êtes! s'écria Emmeline désespérée; et pourquoi refuseriez-vous?

M. de Marsan lui tenait la main; il la serra légèrement, et répondit : Parce que vous l'aimez.

VIII

Par une de ces belles matinées d'automne où le soleil brille de tout son éclat et semble dire adieu à la verdure mourante, Gilbert était accoudé à une petite fenêtre au second étage, dans une rue écartée derrière les Champs-Elysées. Tout en fredonnant un air de la *Normā*, il regardait attentivement chaque voiture qui passait sur la chaussée. Quand la voiture arrivait au coin de la rue, la chanson s'arrêtait; mais la voiture continuait sa route, et il fallait en attendre une autre. Il en passa beaucoup ce jour-là, mais le jeune homme inquiet ne vit dans aucune un petit chapeau de paille d'Italie et une mantille noire; une heure sonna, puis deux; il était trop tard; après avoir regardé vingt fois à sa montre, avoir fait autant de tours de chambre, et s'être désolé et rassuré plus souvent encore alternativement, Gilbert descendit enfin, et erra quelque temps dans les allées. En rentrant chez lui, il demanda à son portier s'il n'y avait point de lettres, et la réponse fut négative. Un pressentiment de sinistre augure l'agita toute la journée. Vers dix heures du soir il montait, non sans crainte, le grand escalier de l'hôtel de Marsan; la lampe n'était pas allumée, cela le surprit et l'inquiéta; il sonna, personne ne venait; il toucha la porte, qui s'ouvrit, et s'arrêta dans la salle à manger; une femme de chambre vint à sa rencontre, il lui demanda s'il pouvait entrer. Je vais le demander, répondit-elle; comme elle entrait dans le salon, Gilbert entendit entre les deux portes une voix tremblante qu'il reconnut et qui disait tout bas : Dites que je n'y suis pas.

Il m'a dit lui-même que ce peu de mots prononcés dans les ténèbres, au moment où il s'y attendait le moins, lui avaient fait plus de mal qu'un coup d'épée. Il sortit dans un étonnement inexprimable. Elle était là, se dit-il, elle m'a vu sans doute; qu'arrive-t-il? ne pouvait-elle me dire un mot, ou du moins m'écrire? Huit jours se passèrent sans lettres, et sans qu'il pût voir la comtesse. Enfin il reçut la lettre suivante :

« Adieu! il faut que vous vous souveniez de votre projet de voyage et que vous me teniez parole. Ah! je fais un grand sacrifice en ce moment. Quelques mots, profondément sentis, que vous m'avez dits au sujet d'un parti funeste que je voulais prendre, m'arrêtent seuls. Je vivrai. Mais il ne faut pas entièrement arracher une pensée qui seule peut me donner une apparence de tranquillité. Permettez, mon ami, que je la place seulement à distance, avec des conditions: si, par exemple, une entière indifference pour moi prenait place dans votre cœur; si, une fois de retour, et le cœur raffermi, vous ne me veniez plus voir; — si jamais mon image, mon amour ne venait plus... il est impossible de continuer l'affreuse vie que je mène. Le plus malheureux est celui qui reste; il faut donc que ce soit vous qui partiez. Vos affaires vous le permettent-elles? Où voulez-vous que j'aille? je ne sais où. Répondez-moi, ce sera vous qui aurez de la force; je n'en ai pas du tout; ayez pitié de moi. Dites, que sais-je? que vous guérirez; mais ce n'est pas vrai! N'importe, dites toujours. Evitez de me voir avant le voyage; il faut de la force, et je ne sais où en prendre. Je n'ai cessé de pleurer et de vous écrire depuis huit jours. Je jette tout au feu. Vous trouverez cette lettre-ci encore bien incohérente. M. de Marsan sait tout, mentir m'a été impossible; d'ailleurs il le savait. Cependant cette lettre est loin d'exprimer ce qu'il y a de contradictoire entre mon cœur et ma raison. Allez dans le monde ces jours-ci, que votre départ n'ait pas l'air d'un coup de tête. De si tôt je ne pourrai sortir ni recevoir. La voix me manque à tout moment. Vous m'écrirez, n'est-ce pas? Il est impossible que vous partiez sans m'écrire quelques lignes. Voyager!... C'est vous qui allez voyager! »

Le malheur de Gilbert lui parut un rêve; il pensait à aller chez M. de Marsan et à lui chercher querelle. Il tomba à terre au milieu de sa chambre, et versa les larmes les plus amères. Enfin, il résolut de voir la comtesse à tout prix, et d'avoir l'explication de cet événement, qui lui était annoncé d'une manière si peu intelligible. Il courut à l'hôtel de Marsan, et, sans parler à aucun domestique, il pénétra jusqu'au salon. Là, il s'arrêta à la pensée de compromettre celle qu'il aimait, et de la perdre peut-être par sa faute. Entendant quelqu'un approcher, il se jeta derrière un rideau : c'était le comte qui entrait.

Demeuré seul, Gilbert avança, et, entr'ouvrant la porte d'un cabinet vitré, il vit Emmeline couchée et son mari près d'elle. Au pied du lit était un linge couvert de sang, et le médecin s'essuyait les mains. Ce spectacle lui fit horreur; il frémit de l'idée d'ajouter, par son imprudence, aux maux de sa maîtresse; et, marchant sur la pointe du pied, il sortit de l'hôtel sans être remarqué.

Il sut bientôt que la comtesse avait été en danger de mort; une nouvelle lettre lui apprit en détail ce qui s'était passé. « Renoncer à nous revoir, disait Emmeline, est impossible, il n'y faut pas songer; et cette idée qui vous désole ne me cause aucune peine, car je ne puis l'admettre un instant. Mais nous séparer pour six mois, pour un an, voilà ce qui me fait sangloter et me déchire l'âme, car c'est là tout ce qui est possible. » Elle ajoutait que si, avant son départ, il éprouvait un désir trop vif de la voir encore une fois, elle y consentirait. Il refusa cette entrevue; il avait besoin de toute sa force; et, bien que convaincu de la nécessité de s'éloigner, il ne pouvait prendre aucun parti. Vivre sans Emmeline lui semblait un mot vide de sens, et, pour ainsi dire, un mensonge. Il se jura cependant d'obéir à tout prix, et de sacrifier son existence, s'il le fallait, au repos de madame de Marsan. Il mit ses affaires en ordre, dit adieu à ses amis, annonça à tout le monde qu'il allait en Italie. Puis, quand tout fut prêt, et qu'il eut son passeport, il resta enfermé chez lui, se promettant, chaque soir, de partir le lendemain, et passant la journée à pleurer.

Emmeline, de son côté, n'était guère plus courageuse, comme vous pouvez penser. Dès qu'elle put supporter la voiture, elle alla au Moulin de May. M. de Marsan ne la quittait pas; il eut pour elle, pendant sa maladie, l'amitié d'un frère et les soins d'une mère. Je n'ai pas besoin de dire qu'il avait pardonné, et que la vue des souffrances de sa femme l'avait fait renoncer à ses projets de séparation. Il ne parla plus de Gilbert, et je ne crois pas que, depuis cette époque, il ait jamais prononcé ce nom, étant seul avec la comtesse. Il apprit le voyage annoncé, et n'en parut ni joyeux ni triste. On devinait aisément à sa conduite qu'il se reconnaissait, au fond du cœur, coupable d'avoir négligé sa femme, et d'avoir si peu fait pour son bonheur; lorsqu'appuyée à son bras, Emmeline se promenait lentement avec lui dans la longue *allée des soupirs*, il paraissait presque aussi triste qu'elle; et Emmeline lui sut gré de ce qu'il ne tenta jamais de rappeler l'ancien amour, ni de combattre l'amour nouveau.

Elle brûla les lettres de Gilbert, et, dans ce sacrifice douloureux, ne respecta qu'une seule ligne écrite de la main de son amant : « *Pour vous, tout au monde.* » En relisant ces mots, elle ne put se résoudre à les anéantir; c'était l'adieu du pauvre garçon. Elle coupa cette ligne avec ses ciseaux, et la porta longtemps sur son cœur. « S'il faut jamais me séparer de ces mots-là, écrivait-elle à Gilbert, je les avalerai. Maintenant, ma vie n'est plus qu'une pincée de cendre, et je ne pourrai, de long-temps, regarder ma cheminée sans pleurer. »

Etait-elle sincère? demanderez-vous peut-être. Ne fit-elle aucune tentative pour revoir son amant? Ne se repentait-elle pas de son sacrifice? N'essaya-t-elle jamais de revenir sur sa résolution? Oui, Madame, elle l'essaya; je ne veux la faire ni meilleure ni plus brave qu'elle ne l'a été. Oui, elle essaya de mentir, de tromper son mari; en dépit de ses serments, de ses promesses, de sa douleur et de ses remords, elle revit Gilbert; et après avoir passé deux heures avec lui dans un délire de joie et d'amour, elle sentit, en rentrant chez elle, qu'elle ne pouvait ni tromper, ni mentir; je vous dirai plus: Gilbert le sentit lui-même, et ne lui demanda pas de revenir.

Cependant il ne partait pas encore, et ne parlait plus de voyage. Au bout de quelques jours, il voulait déjà se persuader qu'il était plus calme, et qu'il n'y avait aucun danger à rester. Il tâchait, dans ses lettres, de faire consentir Emmeline à ce qu'il passât l'hiver à Paris. Elle hésitait; et, tout en renonçant à l'amour, elle commençait à parler d'amitié. Ils cherchaient tous deux mille motifs de prolonger leur souffrance, ou du moins de se voir souffrir. Qu'allait-il arriver? Je ne sais.

IX

Je crois vous avoir dit, Madame, qu'Emmeline avait une sœur. C'était une belle et grande jeune fille, et de plus un excellent cœur. Soit par une timidité excessive, soit par une autre cause, elle n'avait jamais parlé à Gilbert qu'avec une extrême réserve, et presque avec répugnance, lorsqu'elle avait eu occasion de le rencontrer. Gilbert avait des manières d'étourdi et des façons de dire qui, bien que simples et naturelles, devaient blesser une modestie et une pudeur parfaites. La franchise même du jeune homme et son caractère exalté avaient peu de chances de rencontrer de la sympathie chez la sévère Sarah (c'était le nom de la sœur d'Emmeline); aussi quelques mots de politesse échangés au hasard, quelques compliments lorsque Sarah chantait, une contredanse de temps en temps, c'était là toute la connaissance qu'ils avaient faite, et leur amitié n'allait pas plus loin.

Au milieu de ces dernières circonstances, Gilbert reçut une invitation de bal d'une amie de madame de Marsan, et il crut devoir y aller, pour se conformer au désir de sa maîtresse. Sarah était à cette soirée. Il fut s'asseoir à côté d'elle. Il savait quelle tendre affection unissait la comtesse à sa sœur, et c'était pour lui une occasion de parler de ce qu'il aimait à quelqu'un qui le comprenait. La maladie récente servit de prétexte; s'informer de la santé d'Emmeline, c'était s'informer de son amour. Contre sa coutume, Sarah répondit avec confiance et avec douceur; et l'orchestre ayant donné, au milieu de leur entretien, le signal d'une contredanse, elle dit qu'elle était lasse, et refusa son danseur, qui venait la chercher.

Le bruit des instruments et le tumulte du bal leur donnant plus de liberté, la jeune fille commença à laisser comprendre à Gilbert qu'elle savait la cause du mal d'Emmeline. Elle parla des souffrances de sa sœur, et raconta ce qu'elle en avait vu; pendant ce récit, Gilbert baissait la tête. Quand il la releva, une larme coulait sur sa joue. Sarah devint tout à coup tremblante; ses beaux yeux bleus se troublèrent. Vous l'aimez plus que je ne croyais, lui dit-elle. De ce moment elle devint tout autre qu'elle ne s'était jamais montrée à lui; elle lui avoua que depuis longtemps elle s'était aperçue de ce qui se passait, et que la froideur qu'elle lui avait témoignée venait de ce qu'elle n'avait cru voir en lui que la légèreté d'un homme du monde, qui fait la cour à toutes les femmes sans se soucier du mal qui en résulte. Elle parla en sœur et en amie, avec chaleur et avec franchise. L'accent de vérité qu'elle employa pour montrer à Gilbert la nécessité absolue de rendre le repos à la comtesse, le frappa plus que tout le reste ne l'avait pu faire, et, en un quart d'heure, il vit clair dans sa destinée.

On se préparait à danser le cotillon. Asseyons-nous dans le cercle, dit Gilbert, nous nous dispenserons de figurer, et nous pourrons causer sans qu'on nous remarque. Elle y consentit; ils prirent place, et continuèrent à parler d'Emmeline. Cependant de temps en temps un valseur forçait Sarah de prendre part à la figure, et il fallait se lever pour tenir le bout d'une écharpe ou le bouquet de l'éventail. Gilbert restait alors sur sa chaise, perdu dans ses pensées, regardant sa belle partner sauter et sourire, les yeux encore humides. Elle revenait, et ils reprenaient leur triste entretien. Ce fut au bruit de ces valses allemandes, qui avaient bercé les premiers jours de son amour, que Gilbert jura de partir et de l'oublier.

Lorsque l'heure de se retirer fut venue, ils se levèrent tous deux avec une sorte de solennité. J'ai votre parole, dit la jeune fille, je compte sur vous pour sauver ma sœur ; et si vous partez, ajouta-t-elle en lui prenant la main sans songer qu'on pût l'observer ; si vous partez, nous serons quelquefois deux à penser au pauvre voyageur.

Ils se quittèrent sur cette parole, et Gilbert partit le lendemain.

FIN.

A. DE MUSSET
LES DEUX
MAITRESSES
P. 1840
GRANGHAUT

www.ingramcontent.com/pod-product-compliance
Ingram Content Group UK Ltd.
Pitfield, Milton Keynes, MK11 3LW, UK
UKHW021106290826
14628UKWH00014B/853

9 782011 344007